ANDY MORGAN

DIE WÜSTE BRENNT

Text: Greg Zeichnung: Hermann

Carlsen Verlag

CARLSEN COMICS
Lektorat: Andreas C. Knigge
1. Auflage 1987

Aus dem Französischen von Klaus Strzyz
L'OASIS EN FLAMMES

Lettering: Michael Hau

08048701 · ISBN 3-551-01185-0 · Bestellnummer 01185

SCHWER LASTET DIE HITZE ÜBER AHMARALKECH, DER STADT DER SIEBEN TORE VOR DER SAHARA...
EIN MEISTERSTÜCK, KAPITÄN, UND SPOTT-BILLIG...
HÖR MAL GUT ZU, MEIN FREUND,..
ICH BIN KEIN TOURIST, DEN MAN EINSEIFEN KANN. UND JETZT ZUR SACHE... WIE TEUER IST „SPOTTBILLIG" IN DOLLAR ?
DREISSIG ?
FÜNF !
ZWANZIG !
FÜNFZEHN - MEIN LETZTES WORT !
SIE RUINIEREN MICH, KAPITÄN ! WIE SOLL ICH SO MEINE 17 KINDER ERNÄHREN ?
WILL MICH ÜBERS OHR HAUEN... HA ! NICHT MIT MIR !... SCHADE, DASS ALI NICHT DABEI WAR. DER JUNGE HÄTTE NOCH WAS LERNEN KÖNNEN...
!?
$3
$3
1

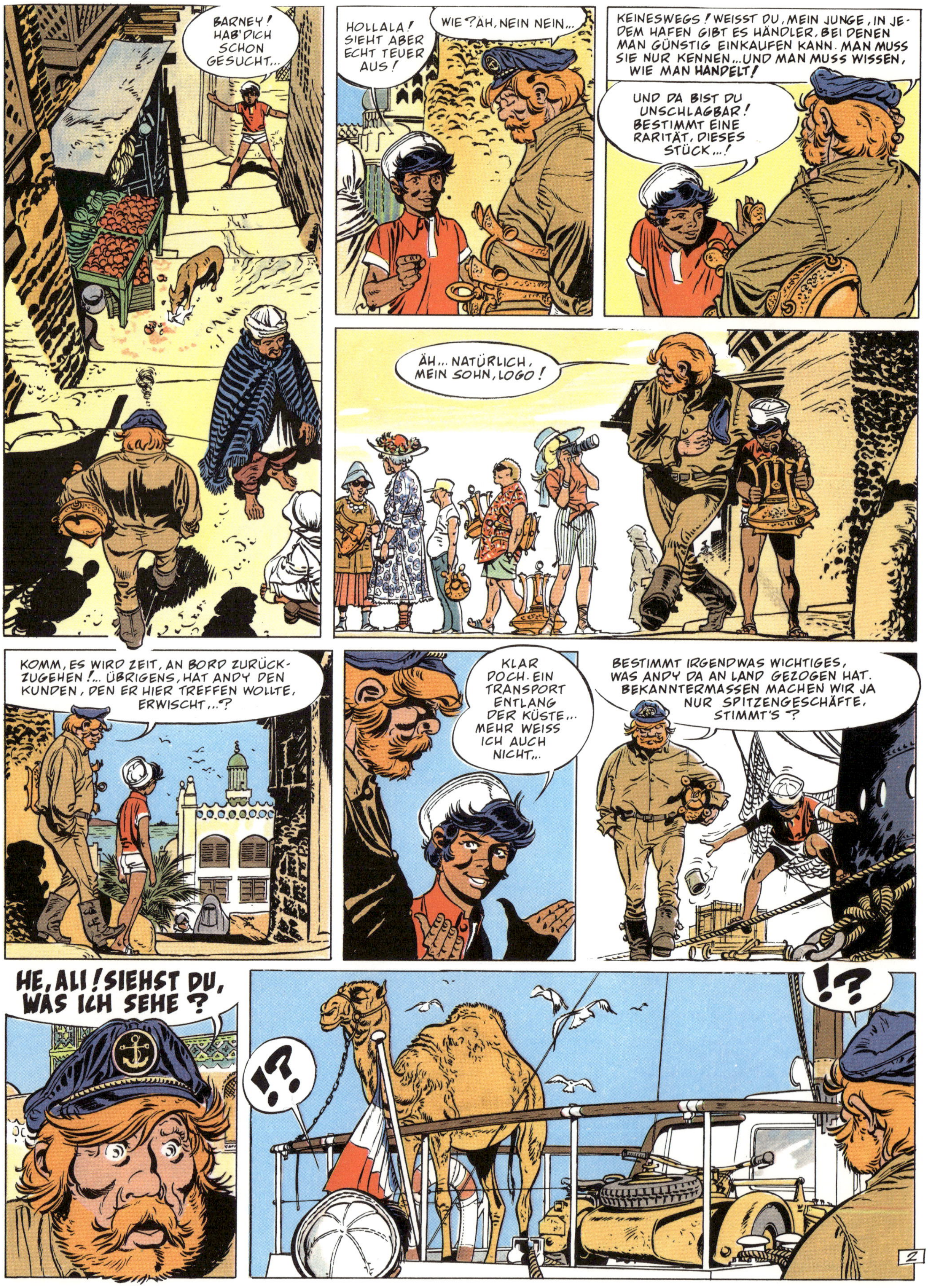
BARNEY! HAB'DICH SCHON GESUCHT...
HOLLALA! SIEHT ABER ECHT TEUER AUS!
WIE? ÄH, NEIN NEIN...
KEINESWEGS! WEISST DU, MEIN JUNGE, IN JEDEM HAFEN GIBT ES HÄNDLER, BEI DENEN MAN GÜNSTIG EINKAUFEN KANN. MAN MUSS SIE NUR KENNEN... UND MAN MUSS WISSEN, WIE MAN HANDELT!
UND DA BIST DU UNSCHLAGBAR! BESTIMMT EINE RARITÄT, DIESES STÜCK...!
ÄH... NATÜRLICH, MEIN SOHN, LOGO!
KOMM, ES WIRD ZEIT, AN BORD ZURÜCKZUGEHEN!... ÜBRIGENS, HAT ANDY DEN KUNDEN, DEN ER HIER TREFFEN WOLLTE, ERWISCHT...?
KLAR DOCH. EIN TRANSPORT ENTLANG DER KÜSTE... MEHR WEISS ICH AUCH NICHT...
BESTIMMT IRGENDWAS WICHTIGES, WAS ANDY DA AN LAND GEZOGEN HAT. BEKANNTERMASSEN MACHEN WIR JA NUR SPITZENGESCHÄFTE, STIMMT'S?
HE, ALI! SIEHST DU, WAS ICH SEHE?
!?
!?
2

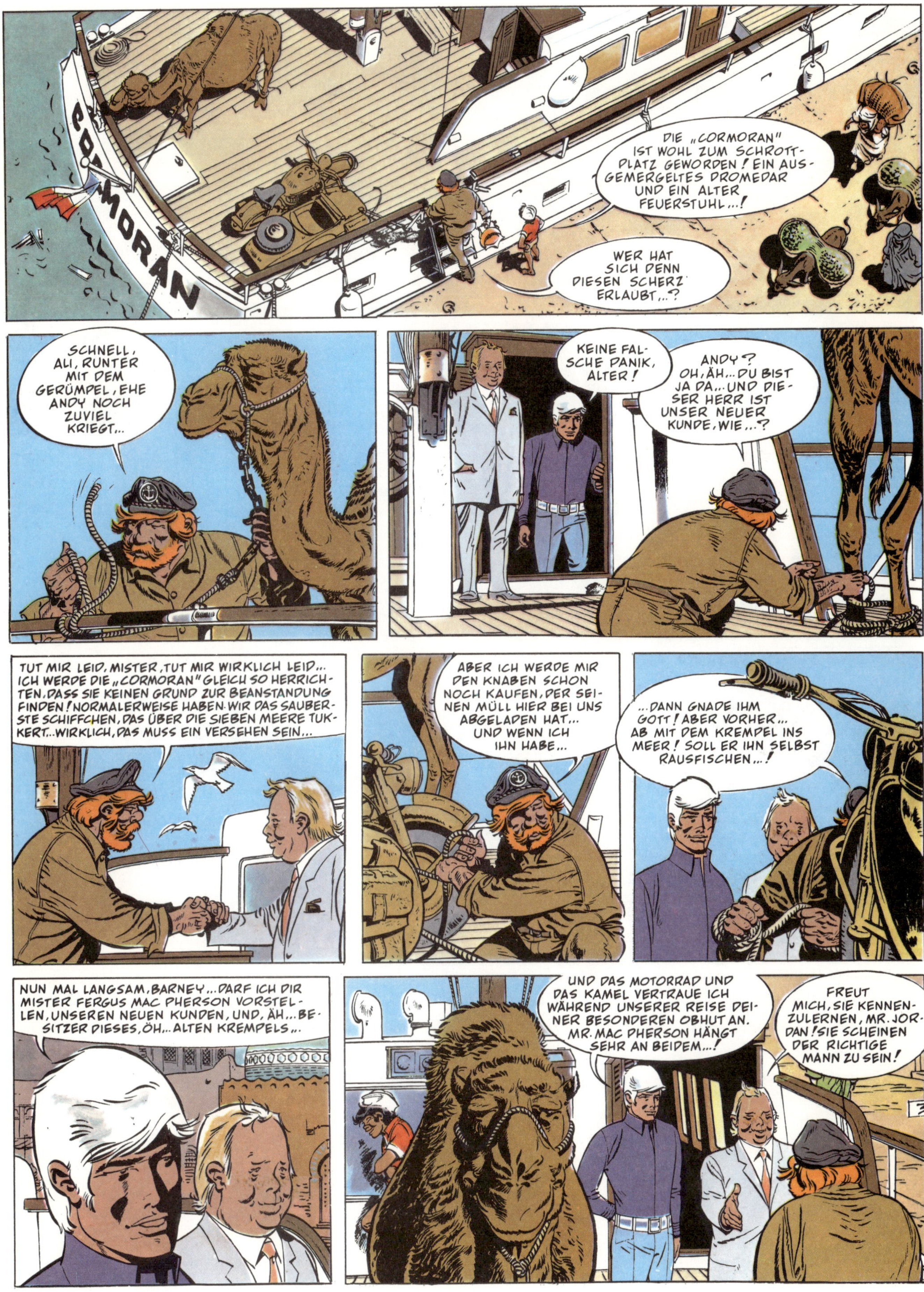
CORMORAN
DIE „CORMORAN" IST WOHL ZUM SCHROTT-PLATZ GEWORDEN! EIN AUS-GEMERGELTES DROMEDAR UND EIN ALTER FEUERSTUHL...!
WER HAT SICH DENN DIESEN SCHERZ ERLAUBT...?
SCHNELL, ALI, RUNTER MIT DEM GERÜMPEL, EHE ANDY NOCH ZUVIEL KRIEGT...
KEINE FALSCHE PANIK, ALTER!
ANDY? OH, ÄH... DU BIST JA DA... UND DIESER HERR IST UNSER NEUER KUNDE, WIE...?
TUT MIR LEID, MISTER, TUT MIR WIRKLICH LEID... ICH WERDE DIE „CORMORAN" GLEICH SO HERRICHTEN, DASS SIE KEINEN GRUND ZUR BEANSTANDUNG FINDEN! NORMALERWEISE HABEN WIR DAS SAUBERSTE SCHIFFCHEN, DAS ÜBER DIE SIEBEN MEERE TUKKERT... WIRKLICH, DAS MUSS EIN VERSEHEN SEIN...
ABER ICH WERDE MIR DEN KNABEN SCHON NOCH KAUFEN, DER SEINEN MÜLL HIER BEI UNS ABGELADEN HAT... UND WENN ICH IHN HABE...
...DANN GNADE IHM GOTT! ABER VORHER... AB MIT DEM KREMPEL INS MEER! SOLL ER IHN SELBST RAUSFISCHEN...!
NUN MAL LANGSAM, BARNEY... DARF ICH DIR MISTER FERGUS MAC PHERSON VORSTELLEN, UNSEREN NEUEN KUNDEN, UND, ÄH... BESITZER DIESES, ÖH... ALTEN KREMPELS...
UND DAS MOTORRAD UND DAS KAMEL VERTRAUE ICH WÄHREND UNSERER REISE DEINER BESONDEREN OBHUT AN. MR. MAC PHERSON HÄNGT SEHR AN BEIDEM...!
FREUT MICH, SIE KENNENZULERNEN, MR. JORDAN! SIE SCHEINEN DER RICHTIGE MANN ZU SEIN!

OUJDOZIR... ZWEI TAGE IMMER RICHTUNG OSTEN AN DER KÜSTE ENTLANG!... HE, IN DEM NEST GIBT'S NICHT MAL 'NEN HAFEN...!
STIMMT! UND DIE PAAR SEELEN, DIE IN DEM FISCHERDORF IHR DASEIN FRISTEN, HABEN'S NICHT LEICHT...
UND SIE WOLLEN DORT EINE MOTORRADFABRIK UND EINE KAMELZUCHT AUFMACHEN...?
BARNEY!
LASSEN SIE IHN, CAPTAIN! MR. JORDAN GEFÄLLT MIR... ABER ICH MUSS WOHL NOCH EINIGES ERKLÄREN...
DA BIN ICH ABER GESPANNT!
ICH ARBEITE FÜR DIE WELTHILFEORGANISATION. ÜBERALL DORT, WO MENSCHEN AUFGRUND POLITISCHER KONFLIKTE LEIDEN, GREIFEN WIR EIN. DABEI GILT UNSERE HAUPTSORGE DEN UNSCHULDIGEN OPFERN DIESER KONFLIKTE, DENEN ES OFT AM NÖTIGSTEN FEHLT... ICH HOFFE, SIE VERSTEHEN MICH JETZT BESSER, MR. JORDAN...
HALTEN SIE MICH FÜR EINEN ESEL?
NATÜRLICH NICHT!... ÜBRIGENS, MR. JORDAN, WISSEN SIE, DASS GERADE EIN BLUTIGER AUFSTAND DIE INNEREN PROVINZEN DIESES LANDES ERSCHÜTTERT, IN DEM WIR UNS HIER BEFINDEN?
DUTZENDE VON DÖRFERN WERDEN VON TERROR UND GEWALT HEIMGESUCHT... ES SIND „INNERE ANGELEGENHEITEN", HEISST ES OFFIZIELL... AUCH FÜR UNS IST ES SCHWER, SICH DA ZURECHTZUFINDEN, MR. JORDAN...!
DIE „CORMORAN" WIRD DEN OPFERN LEBENSWICHTIGE MEDIKAMENTE LIEFERN... UND MOTORRAD UND KAMEL DIENEN ALS FORTBEWEGUNGSMITTEL AN LAND...
EIN JOB WIE JEDER ANDERE AUCH. WIEVIEL KASSIEREN WIR DAFÜR?
12 DOLLAR, MR. JORDAN, MEHR IST ABSOLUT NICHT DRIN! ABER DENKEN SIE DARAN, SIE ARBEITEN FÜR EINE GUTE SACHE...
WAS???
4

12 DOLLAR, UM DIESES ALTE GELUMPE IRGENDWOHIN ZU SCHLEPPEN? OHNE MICH! DAS IST GROTESK...
DU GERUFEN, MISTER? DU WOLLEN NOCH GOOD TEA? VERY, VERY GOOD FOR YOU... WENN DU NOCH MEHR WÜNSCHEN...
NEIN, ICH WILL KEINEN TEE! PACK DICH MIT DEINER BRÜHE! BRING MIR LIEBER EINEN WHISKY!
ICH KANN SIE VERSTEHEN, MR. JORDAN, ABER WENN SIE EINMAL DIE ALTEN MENSCHEN UND DIE KINDER GESEHEN HÄTTEN, DIE DIESER KRIEG ENTWURZELT HAT...
SIE WOLLEN MICH DOCH NUR WEICHKOCHEN...!
OKAY, DU QUERKOPF, JETZT HAST DU GENUG DAMPF ABGELASSEN. ICH VERSPRECHE DIR SOGAR, DASS ICH AUF MEINEN ANTEIL VON DEN ZWÖLF DOLLAR VERZICHTEN WERDE... DU KANNST ALLES EINSACKEN!
MIR VÖLLIG WURSCHT, WAS DU MIR FÜR ANGEBOTE MACHST... ICH MUSTERE JEDENFALLS AB!
ABER NOCH SIND WIR PARTNER, MEIN LIEBER. UND ICH BESTEHE AUF MEINEM ANTEIL AN UNSEREN GESCHÄFTEN... SELBST, WENN FÜR MICH NUR MÜDE SECHS DOLLAR BEI DIESER SHOW RAUSSPRINGEN!
ZWEI STUNDEN SPÄTER...
ICH MUSS SCHON SAGEN, CAPTAIN MORGAN, IHR MR. JORDAN GEFÄLLT MIR VON MINUTE ZU MINUTE BESSER!
ES DAUERT EINIGE JÄHRCHEN, BIS MAN IHN ERTRAGEN KANN... ABER DANN LOHNT ES SICH, MR. MAC PHERSON...!
5

HE? ICH DACHTE, DIESE VIECHER KOMMEN OHNE WASSER AUS...
JEDER TRINKT GERN MAL'N SCHLUCK, KLEINER!
ABER IN DER REGEL SIND DIESE TIERCHEN AUSSERORDENTLICH GENÜGSAM. DER HÖCKER AUF IHREM RÜCKEN IST EIN FETTSPEICHER, DER SIE MIT ENERGIE VERSORGT, WENN'S GERADE MAL NICHTS ZU SCHLUCKEN ODER ZU BEISSEN GIBT...
UND WARUM SIE WÜSTENSCHIFFE HEISSEN ERKENNST DU, WENN DU DIR DIE KLAUEN AN DEN FÜSSEN ANSIEHST. MIT SOLCHEN SCHAUFELN KANN MAN AUCH IM FEINSTEN SAND NICHT UNTERGEHEN...
BEI EINEM SANDSTURM KANN ES SEINE NÜSTERN TOTAL DICHTMACHEN. ÄUSSERST PRAKTISCH BEI EINEM WÜSTENSPAZIERGANG...
ÄH, BARNEY...
HM?
DU MAGST DAS KAMEL JA!
GLOUFFH!
ICH? DU HAST WOHL NICHT ALLE TASSEN IM SCHRANK, WIE? ICH SOLL DIESES MONSTER...
JAWOHL, ICH WERDE NUR NOCH HIER VORNE ESSEN! UND ICH RÜHRE MICH NICHT VOM FLECK, BIS DIESE WANDELNDE BELEIDIGUNG UNSEREN KAHN VERLASSEN HAT... UND WENN DIESES UNTIER MIR NOCH MAL ZU NAHE KOMMT, SCHNEIDE ICH ES IN KLEINSTE SCHEIBCHEN!
6

IM MORGENGRAUEN DES DRITTEN REISETAGES STEUERT MAN EINEN IM FRÜHDUNST AUFTAUCHENDEN KÜSTENSTRICH AN...
CORMORAN
MEHR LÄSST SICH WIRKLICH NICHT IN DEN BEIWAGEN STOPFEN!
HAUPTSACHE, VON JEDEM ETWAS, CAPTAIN...
MEDICAL SUPPLIES
NDLE WITH CARE
MIT DIESEN MEDIKAMENTEN KÖNNEN WIR DIE LEUTE VON UNSEREN GUTEN ABSICHTEN ÜBERZEUGEN... DIE ANDERE KISTE KOMMT AUFS KAMEL...
ICH NEHME DAS MOTORRAD, UND SIE, MR. JORDAN, DAS WÜSTENSCHIFF. DER REST WIRD DANN PER KARAWANE NACHGESCHICKT...
ÄH... WÄRE ES NICHT BESSER, WENN ICH DAS DROMEDAR REITE?
LANGSAM JETZT, SONST LAUFEN WIR AUF!
HÄTTE RUHIG ETWAS HÄRTER MANÖVRIEREN SOLLEN! DANN HÄTTE ICH WENIGSTENS MAL EIN SCHWIMMENDES KAMEL GESEHEN...
DAS NEST SCHEINT TOTAL VERLASSEN ZU SEIN... DA LÄUFT'S EINEM RICHTIG KALT DEN RÜCKEN RUNTER...
BEI DEM KAMEL GEHT'S EINFACHER: EIN TRITT NUR, UND...
VORSICHTIG, BARNEY! LANGSAM...

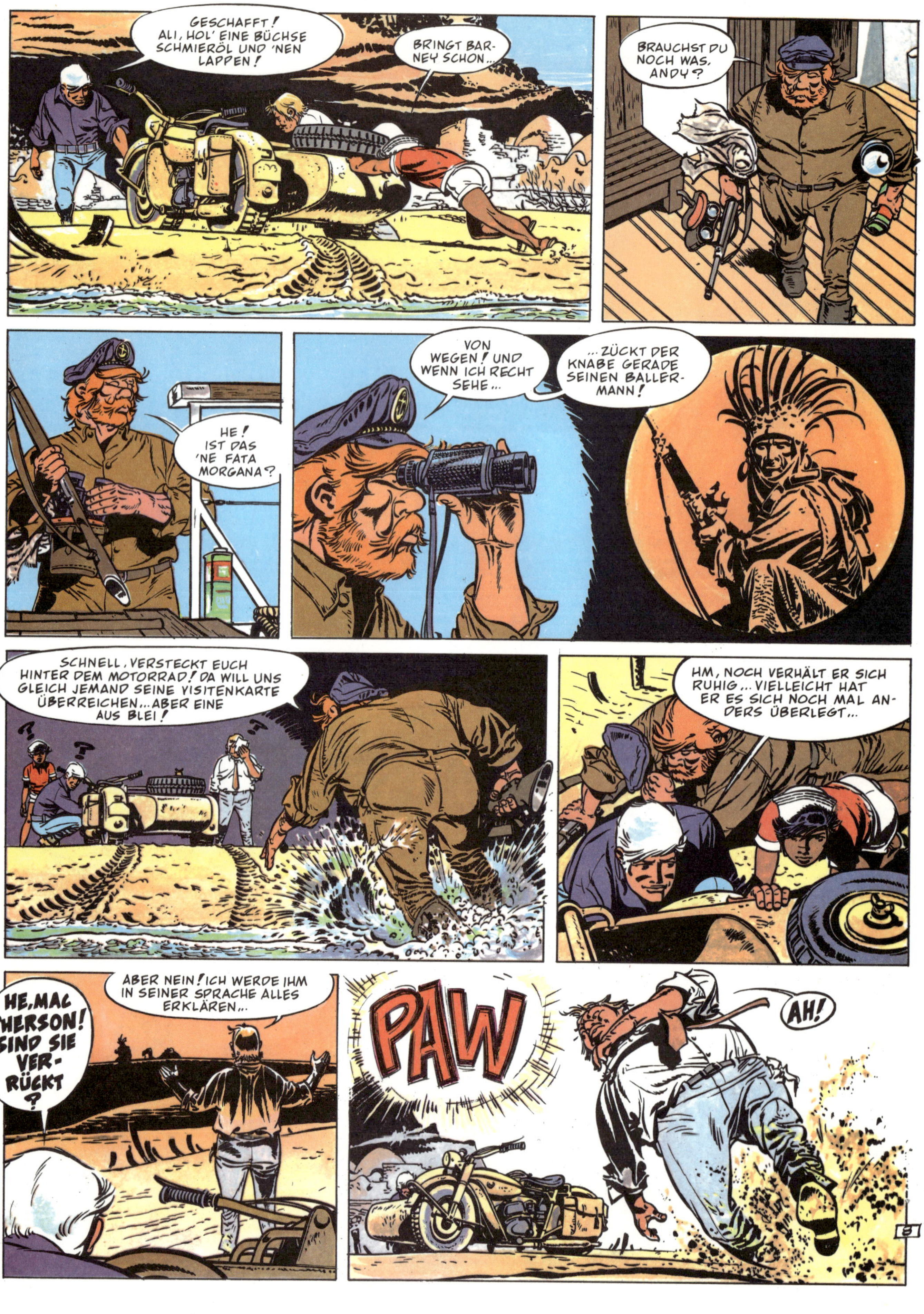
GESCHAFFT! ALI, HOL' EINE BÜCHSE SCHMIERÖL UND 'NEN LAPPEN!
BRINGT BARNEY SCHON...
BRAUCHST DU NOCH WAS, ANDY?
HE! IST DAS 'NE FATA MORGANA?
VON WEGEN! UND WENN ICH RECHT SEHE...
...ZÜCKT DER KNABE GERADE SEINEN BALLERMANN!
SCHNELL, VERSTECKT EUCH HINTER DEM MOTORRAD! DA WILL UNS GLEICH JEMAND SEINE VISITENKARTE ÜBERREICHEN... ABER EINE AUS BLEI!
HM, NOCH VERHÄLT ER SICH RUHIG... VIELLEICHT HAT ER ES SICH NOCH MAL ANDERS ÜBERLEGT...
HE, MAC PHERSON! SIND SIE VERRÜCKT?
ABER NEIN! ICH WERDE IHM IN SEINER SPRACHE ALLES ERKLÄREN...
PAW
AH!

MAC PHERSON! DECK MICH, BARNEY, ICH HOLE IHN...
OKAY.
PANG PANG
PIUUUUUU
BANG
PIIEEUUTT
NA ALSO, DER HAT ERST MAL DIE HOSEN VOLL... WIE GEHT'S UNSEREM FRIEDENSENGEL?
HÖCHST UNANGEBRACHT, DEINE WITZE... DIE VERLETZUNG SIEHT ÜBEL AUS. ER WIRD DER ERSTE SEIN, DER SEINE MEDIKAMENTE BRAUCHT...
ER GEHÖRT IN EIN KRANKENHAUS. LOS, VERARZTEN WIR IHN, UND DANN FAHREN WIR ZURÜCK ZUM ONKEL DOKTOR!
N...NEIN... DAS WAR EIN... MISSVERSTÄNDNIS... ER HAT GE... GESCHOSSEN, WEIL ER UNS FÜR FEINDE HIELT...
RUHIG! ENTSPANNEN SIE SICH...!
ZUM TEUFEL, WIE SOLL ICH MICH ENTSPANNEN? DIE KINDER UND FRAUEN BRAUCHEN DIE MEDIZIN... MORGAN, BRINGEN SIE DAS ZEUG FÜR MICH HIN!
WIE BITTE ?!?
9

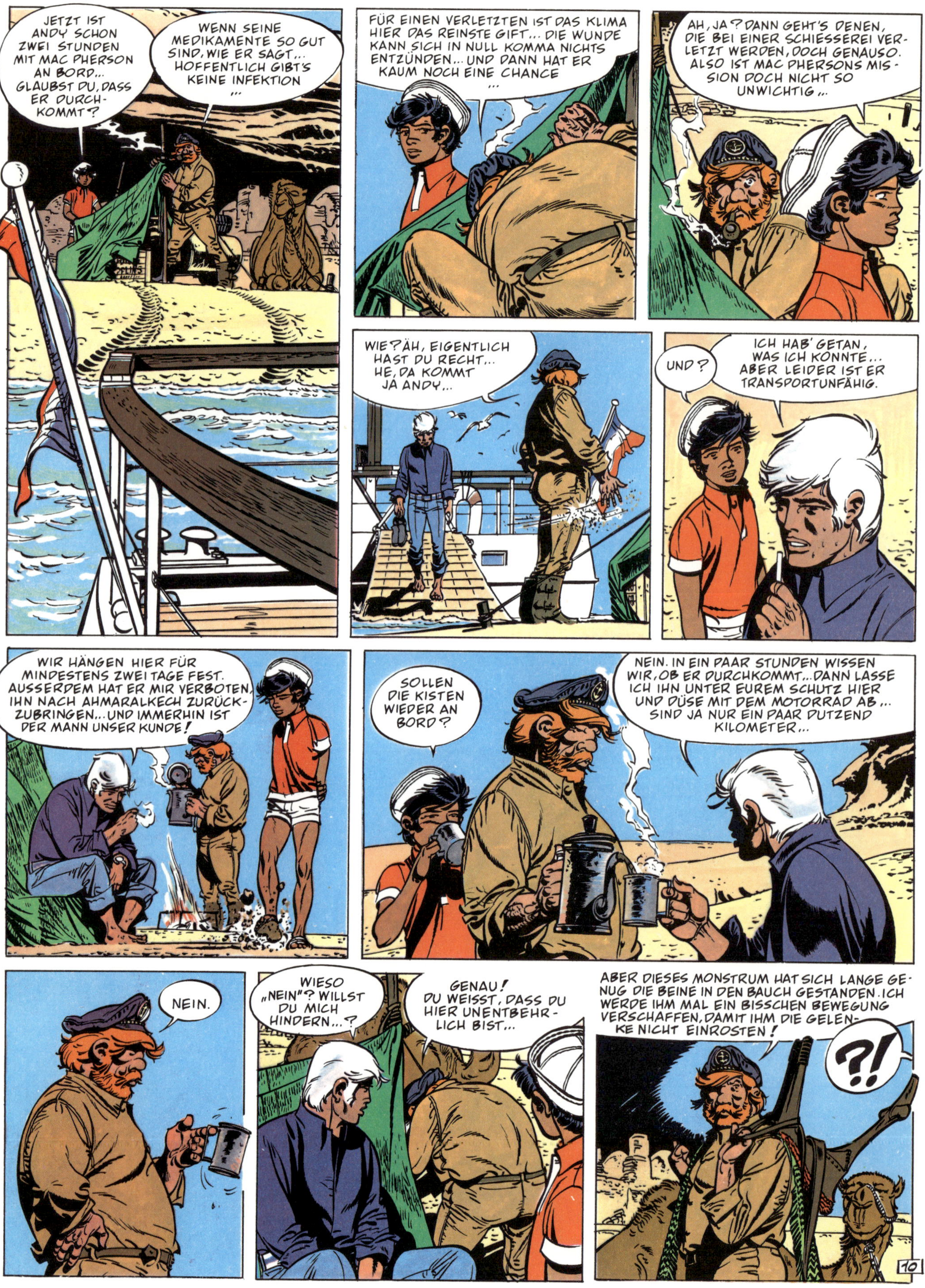
JETZT IST ANDY SCHON ZWEI STUNDEN MIT MAC PHERSON AN BORD... GLAUBST DU, DASS ER DURCHKOMMT?
WENN SEINE MEDIKAMENTE SO GUT SIND, WIE ER SAGT... HOFFENTLICH GIBT'S KEINE INFEKTION ...
FÜR EINEN VERLETZTEN IST DAS KLIMA HIER DAS REINSTE GIFT... DIE WUNDE KANN SICH IN NULL KOMMA NICHTS ENTZÜNDEN... UND DANN HAT ER KAUM NOCH EINE CHANCE ...
AH, JA? DANN GEHT'S DENEN, DIE BEI EINER SCHIESSEREI VERLETZT WERDEN, DOCH GENAUSO. ALSO IST MAC PHERSONS MISSION DOCH NICHT SO UNWICHTIG...
WIE? ÄH, EIGENTLICH HAST DU RECHT... HE, DA KOMMT JA ANDY...
UND?
ICH HAB' GETAN, WAS ICH KONNTE... ABER LEIDER IST ER TRANSPORTUNFÄHIG.
WIR HÄNGEN HIER FÜR MINDESTENS ZWEI TAGE FEST. AUSSERDEM HAT ER MIR VERBOTEN, IHN NACH AHMARALKECH ZURÜCKZUBRINGEN... UND IMMERHIN IST DER MANN UNSER KUNDE!
SOLLEN DIE KISTEN WIEDER AN BORD?
NEIN. IN EIN PAAR STUNDEN WISSEN WIR, OB ER DURCHKOMMT... DANN LASSE ICH IHN UNTER EUREM SCHUTZ HIER UND DÜSE MIT DEM MOTORRAD AB... SIND JA NUR EIN PAAR DUTZEND KILOMETER...
NEIN.
WIESO „NEIN"? WILLST DU MICH HINDERN...?
GENAU! DU WEISST, DASS DU HIER UNENTBEHRLICH BIST...
ABER DIESES MONSTRUM HAT SICH LANGE GENUG DIE BEINE IN DEN BAUCH GESTANDEN. ICH WERDE IHM MAL EIN BISSCHEN BEWEGUNG VERSCHAFFEN, DAMIT IHM DIE GELENKE NICHT EINROSTEN!
?!
10

VIEL GLÜCK, ALTER DICK-KOPF!
WOZU GLÜCK? DAS WIRD EINE MEINER LEICHTESTEN ÜBUNGEN... ICH BRINGE DEN KREMPEL DEN NOTLEIDENDEN WÜSTENFÜCHSEN, LASSE MIR VOLLER DANKBARKEIT AUF DIE SCHULTER KLOPFEN, ERZÄHLE EIN BISS-CHEN VON MAC PHERSON UND KRALLE MIR EIN PAAR LEUTE, UM DEN REST ABHOLEN ZU LASSEN... DAS GANZE IST NICHT MEHR ALS EIN KLEI-NER LANDAUSFLUG.
MEDICAL SUPPLIES
EINS HAT ER DABEI VERGES-SEN...
JA, DASS HIER KRIEG HERRSCHT. ABER DAS WEISS ER...
ICH HATTE DIE WAHL: MIT DEM MOTOR-RAD HÄTTE ICH MIR GARANTIERT UNTER-WEGS DEN HALS GEBROCHEN...
...ABER DAFÜR ERLEBE ICH BEI DIESER SCHAUKELEI DIE SCHLIMMSTE DEMÜTI-GUNG, DIE EINEM SEEMANN PASSIEREN KANN: ICH WERDE SEEKRANK!
11

IHNEN GEHT'S SCHON WIEDER BESSER, MAC PHERSON. UND KEINE ANGST... BARNEY IST SCHON ZU DEN OPFERN DES KRIEGES UNTERWEGS...
I... ICH WUSSTE, DASS MAN SICH AUF IHN V... VERLASSEN KANN...
ABER... SIE HÄTTEN MIR BESCHEID SAGEN SOLLEN... DA GIBT ES EINE GROSSE GEFAHR...
?
GEFAHR? WAS MEINEN SIE...?
BEI DEN MEDIKAMENTEN SIND BETÄUBUNGSMITTEL...
CORMORAN
SIE SIND FÜR DIE SCHWERVERWUNDETEN GEDACHT, ABER MAN KANN SIE AUCH MISSBRAUCHEN... UND DURCH EINE INDISKRETION HAT RAHAD SADJI DAVON ERFAHREN...
RAHAD SADJI?
DER CHEF EINER RÄUBERBANDE, DIE IHR HAUPTQUARTIER IN DER OASE KAANIT ZERGA HAT, UNTEN IM SÜDEN. DER MANN IST EIN SKRUPELLOSER VERBRECHER, DEM EIN MENSCHENLEBEN ABSOLUT NICHTS BEDEUTET...
JORDAN MUSS DIE OASE UNBEDINGT UMGEHEN...
UND WIE SOLL ICH IHM DAS SAGEN? ER IST SCHON WEG...
DA HABEN WIR DEN SALAT! DIE OASE IST BARNEYS ERSTES ETAPPENZIEL! ER REITET DIREKT INS VERDERBEN... UND ICH WERDE HIER VON MAC PHERSON GEBRAUCHT!
DU MUSST HINTERHER, ANDY! SCHNAPP DIR DAS MOTORRAD UND WARNE BARNEY! ICH PASSE SOLANGE AUF MAC PHERSON AUF...!
12

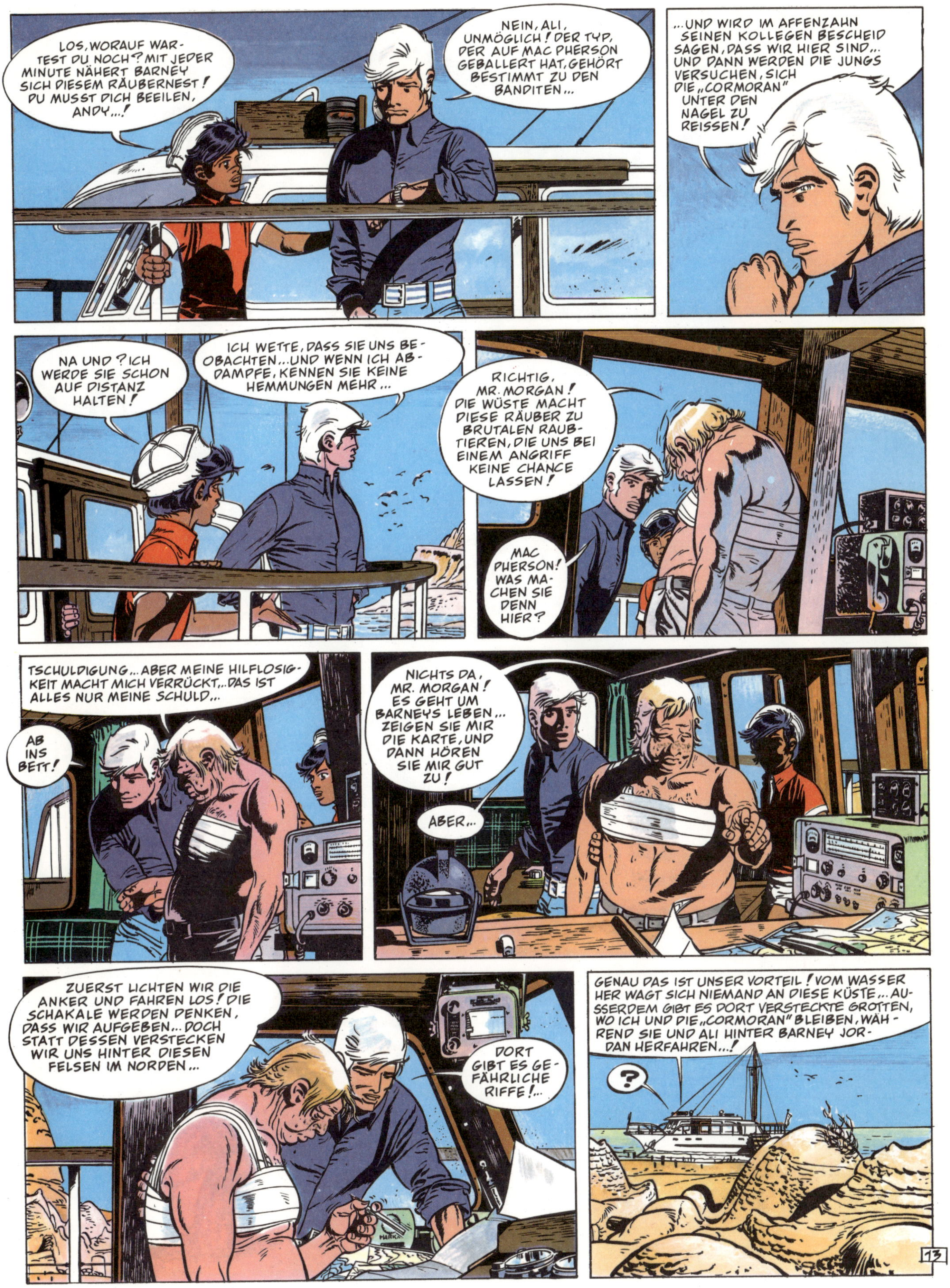
LOS, WORAUF WARTEST DU NOCH? MIT JEDER MINUTE NÄHERT BARNEY SICH DIESEM RÄUBERNEST! DU MUSST DICH BEEILEN, ANDY...!
NEIN, ALI, UNMÖGLICH! DER TYP, DER AUF MAC PHERSON GEBALLERT HAT, GEHÖRT BESTIMMT ZU DEN BANDITEN...
...UND WIRD IM AFFENZAHN SEINEN KOLLEGEN BESCHEID SAGEN, DASS WIR HIER SIND... UND DANN WERDEN DIE JUNGS VERSUCHEN, SICH DIE „CORMORAN" UNTER DEN NAGEL ZU REISSEN!
NA UND? ICH WERDE SIE SCHON AUF DISTANZ HALTEN!
ICH WETTE, DASS SIE UNS BEOBACHTEN... UND WENN ICH ABDAMPFE, KENNEN SIE KEINE HEMMUNGEN MEHR...
RICHTIG, MR. MORGAN! DIE WÜSTE MACHT DIESE RÄUBER ZU BRUTALEN RAUBTIEREN, DIE UNS BEI EINEM ANGRIFF KEINE CHANCE LASSEN!
MAC PHERSON! WAS MACHEN SIE DENN HIER?
TSCHULDIGUNG... ABER MEINE HILFLOSIGKEIT MACHT MICH VERRÜCKT... DAS IST ALLES NUR MEINE SCHULD...
AB INS BETT!
NICHTS DA, MR. MORGAN! ES GEHT UM BARNEYS LEBEN... ZEIGEN SIE MIR DIE KARTE, UND DANN HÖREN SIE MIR GUT ZU!
ABER...
ZUERST LICHTEN WIR DIE ANKER UND FAHREN LOS! DIE SCHAKALE WERDEN DENKEN, DASS WIR AUFGEBEN... DOCH STATT DESSEN VERSTECKEN WIR UNS HINTER DIESEN FELSEN IM NORDEN...
DORT GIBT ES GEFÄHRLICHE RIFFE!...
GENAU DAS IST UNSER VORTEIL! VOM WASSER HER WAGT SICH NIEMAND AN DIESE KÜSTE... AUSSERDEM GIBT ES DORT VERSTECKTE GROTTEN, WO ICH UND DIE „CORMORAN" BLEIBEN, WÄHREND SIE UND ALI HINTER BARNEY JORDAN HERFAHREN...!
?
13

DIE WERDEN UNSERE FREUNDE 'NE WEILE BESCHÄFTIGEN!...LOS!
OKAY, ANDY, DIE MÜHLE IST SICHER AN BORD, ABER AM STRAND LIEGEN NOCH EINIGE KISTEN...
GLAUBST DU, DASS ES KLAPPT?
ES MUSS, DENN WIR HABEN KEINE ANDERE WAHL...!
KAUM HAT DIE „CORMORAN" SICH IN BEWEGUNG GESETZT, BESTÄTIGT SICH AUCH ANDY'S VERDACHT: DAS SCHIFF WURDE DIE GANZE ZEIT ÜBER BEOBACHTET!
CORMORAN
CORMORAN
DU LIEBE ZEIT! WENN DIE SICH SO SCHON UM EINE ALTE KAFFEEKANNE SCHLAGEN... MAC PHERSON HATTE RECHT... WENN'S UM KOHLE GEHT, SCHNEIDEN DIE EINEM ERBARMUNGSLOS DEN HALS DURCH!
DIE MEDIKAMENTE KÖNNEN SIE NUR DANN SICHER ABLIEFERN, WENN SIE UNTER DEM SCHUTZ EINES DER GROSSEN WÜSTENSCHEICHS STEHEN. WENN SIE DAS ÄUSSERSTE AUS DER MASCHINE RAUSHOLEN, MORGAN...
...KÖNNEN SIE JORDAN NOCH VOR DER OASE ERREICHEN. DANN BIEGEN SIE SOFORT NACH OSTEN AB, WO SIE AUF REGULÄRE TRUPPEN TREFFEN...
WOBEI ABZUWARTEN BLEIBT, OB DIE FRIEDLICHER SIND ALS DIE BANDITEN!
SEHR GUT. DAS IST DER VERLASSENE BRUNNEN VON D'AAB-KASH. SCHWING DIE TRETER, MEIN SÜSSER, IN DREI STUNDEN KÖNNEN WIR AN DER OASE SEIN...
4

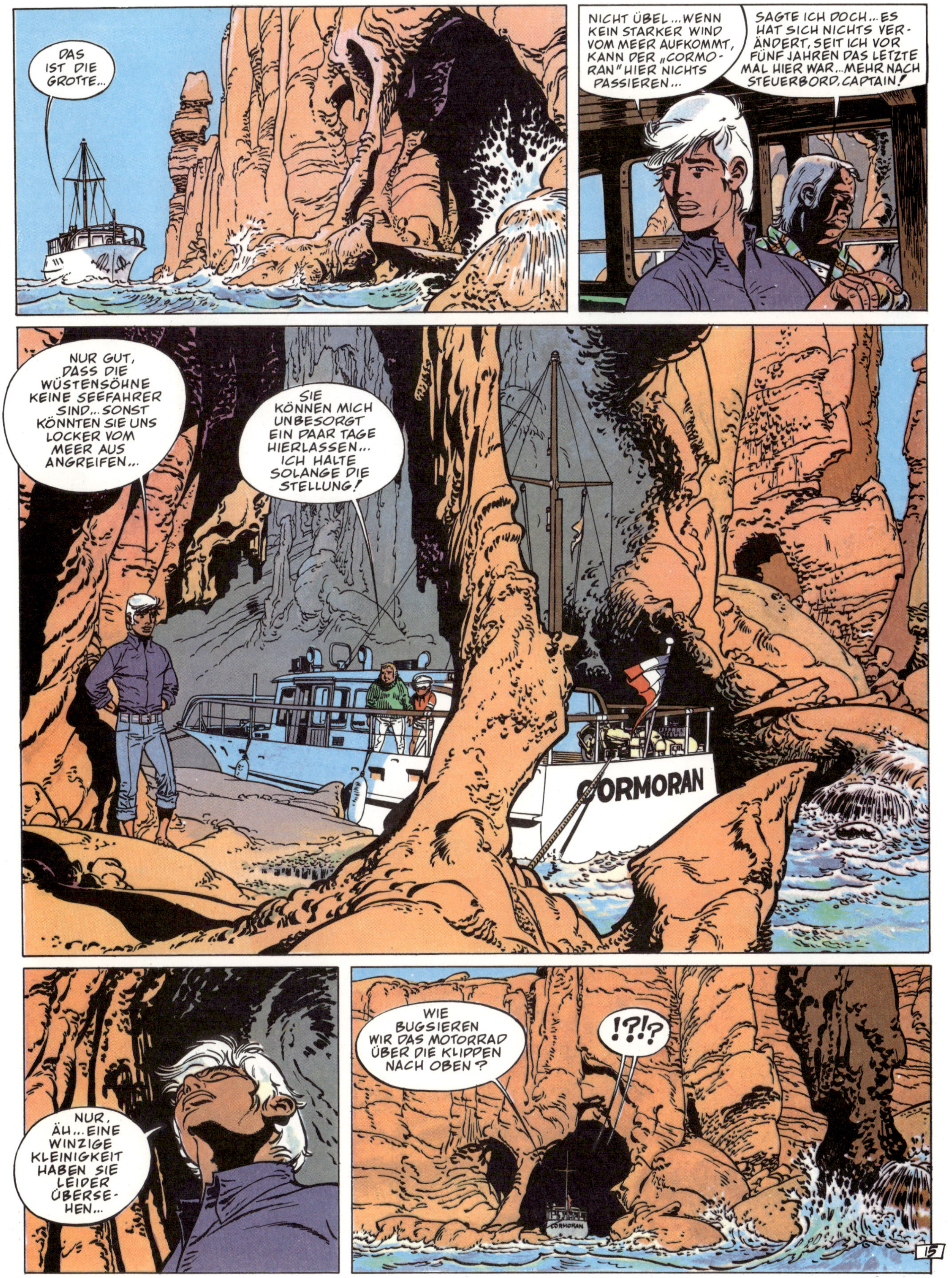
DAS IST DIE GROTTE...
NICHT ÜBEL ... WENN KEIN STARKER WIND VOM MEER AUFKOMMT, KANN DER „CORMORAN" HIER NICHTS PASSIEREN...
SAGTE ICH DOCH... ES HAT SICH NICHTS VERÄNDERT, SEIT ICH VOR FÜNF JAHREN DAS LETZTE MAL HIER WAR... MEHR NACH STEUERBORD, CAPTAIN!
NUR GUT, DASS DIE WÜSTENSÖHNE KEINE SEEFAHRER SIND... SONST KÖNNTEN SIE UNS LOCKER VOM MEER AUS ANGREIFEN...
SIE KÖNNEN MICH UNBESORGT EIN PAAR TAGE HIERLASSEN... ICH HALTE SOLANGE DIE STELLUNG!
CORMORAN
NUR, ÄH... EINE WINZIGE KLEINIGKEIT HABEN SIE LEIDER ÜBERSEHEN...
WIE BUGSIEREN WIR DAS MOTORRAD ÜBER DIE KLIPPEN NACH OBEN?
!?!?
15

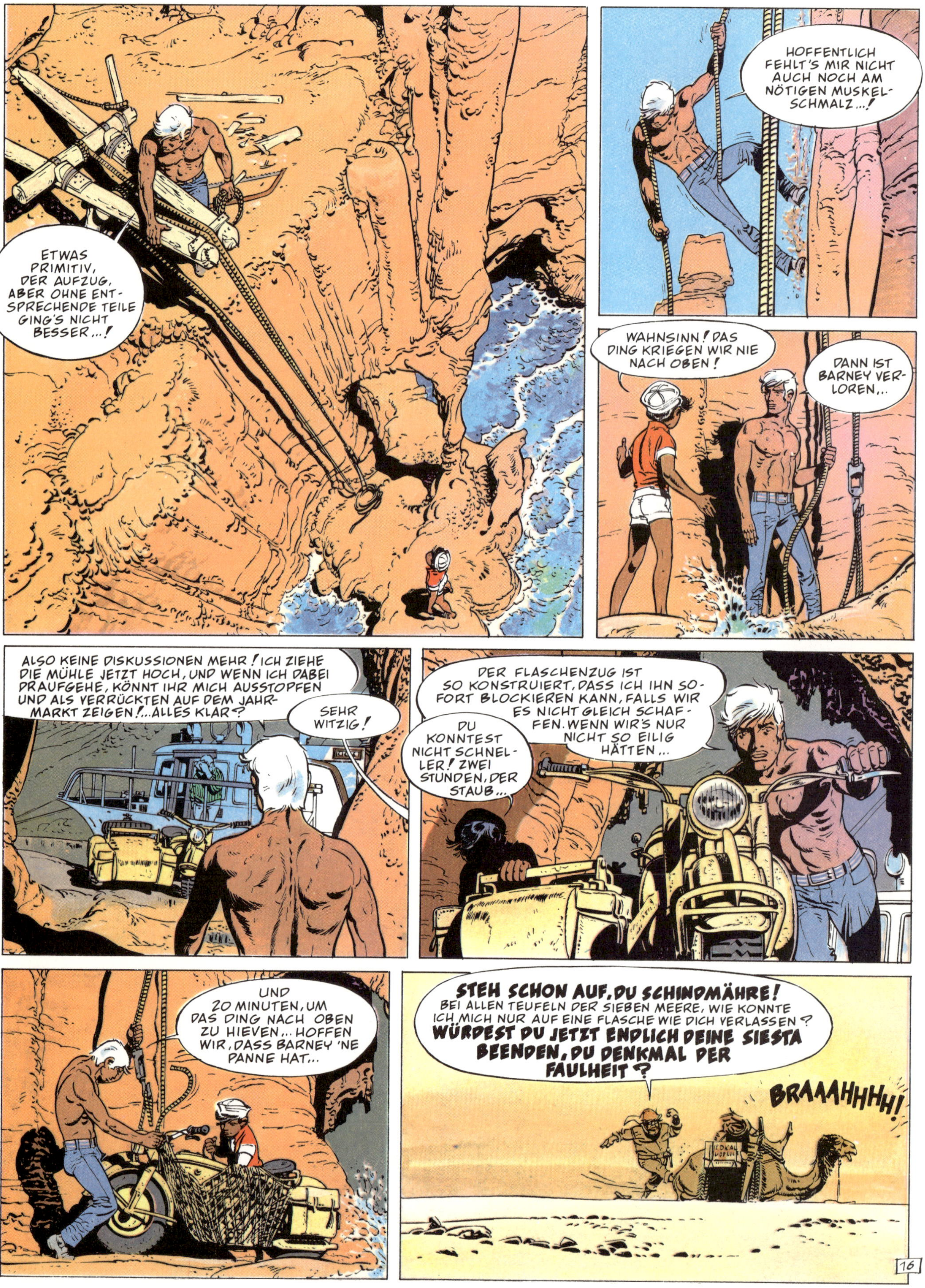
ETWAS PRIMITIV, DER AUFZUG, ABER OHNE ENTSPRECHENDE TEILE GING'S NICHT BESSER...!
HOFFENTLICH FEHLT'S MIR NICHT AUCH NOCH AM NÖTIGEN MUSKELSCHMALZ...!
WAHNSINN! DAS DING KRIEGEN WIR NIE NACH OBEN!
DANN IST BARNEY VERLOREN...
ALSO KEINE DISKUSSIONEN MEHR! ICH ZIEHE DIE MÜHLE JETZT HOCH, UND WENN ICH DABEI DRAUFGEHE, KÖNNT IHR MICH AUSSTOPFEN UND ALS VERRÜCKTEN AUF DEM JAHRMARKT ZEIGEN!...ALLES KLAR?
SEHR WITZIG!
DER FLASCHENZUG IST SO KONSTRUIERT, DASS ICH IHN SOFORT BLOCKIEREN KANN, FALLS WIR ES NICHT GLEICH SCHAFFEN. WENN WIR'S NUR NICHT SO EILIG HÄTTEN...
DU KONNTEST NICHT SCHNELLER! ZWEI STUNDEN, DER STAUB...
UND 20 MINUTEN, UM DAS DING NACH OBEN ZU HIEVEN... HOFFEN WIR, DASS BARNEY 'NE PANNE HAT...
STEH SCHON AUF, DU SCHINDMÄHRE!
BEI ALLEN TEUFELN DER SIEBEN MEERE, WIE KONNTE ICH MICH NUR AUF EINE FLASCHE WIE DICH VERLASSEN?
WÜRDEST DU JETZT ENDLICH DEINE SIESTA BEENDEN, DU DENKMAL DER FAULHEIT?
BRAAAHHHH!
16

KAMELPANNE IN DER WÜSTE, UND DAS NACH 30 JAHREN SEEFAHRT! ICH KANN MICH IN KEINER HAFENKNEIPE MEHR BLICKEN LASSEN!
UND WAS MACHT DER ERFAHRENE KAMELTREIBER IN EINEM SOLCHEN FALL? WARTET ER AUF DEN WÜSTENPANNENDIENST ODER PACKT ER DAS BORDWERKZEUG AUS...?
DAS BORDWERKZEUG ?!?!
WENN ICH GLÜCK HABE, FINDE ICH HIER, WAS ICH BRAUCHE ...
NA ALSO!
DIE RIESENAUSFÜHRUNG! „GEGEN VIEHSEUCHE", STEHT HIER... BESTIMMT AUCH GEGEN SCHLAFKRANKHEIT!
DIE WENIGEN VIERBEINIGEN BEWOHNER DER WÜSTE, DIE DEM DRAMA BEIWOHNEN, WERDEN SICH NOCH LANGE AN DEN MARKERSCHÜTTERNDEN SCHREI ERINNERN, DER DIE DÜNEN ZUM BEBEN BRACHTE...
BRAAA-HAAAAAHHAA
UND JETZT VOLLE PULLE ZUR OASE, BABY, ODER DOKTOR JORDAN STICHT NOCH MAL ZU...!
17

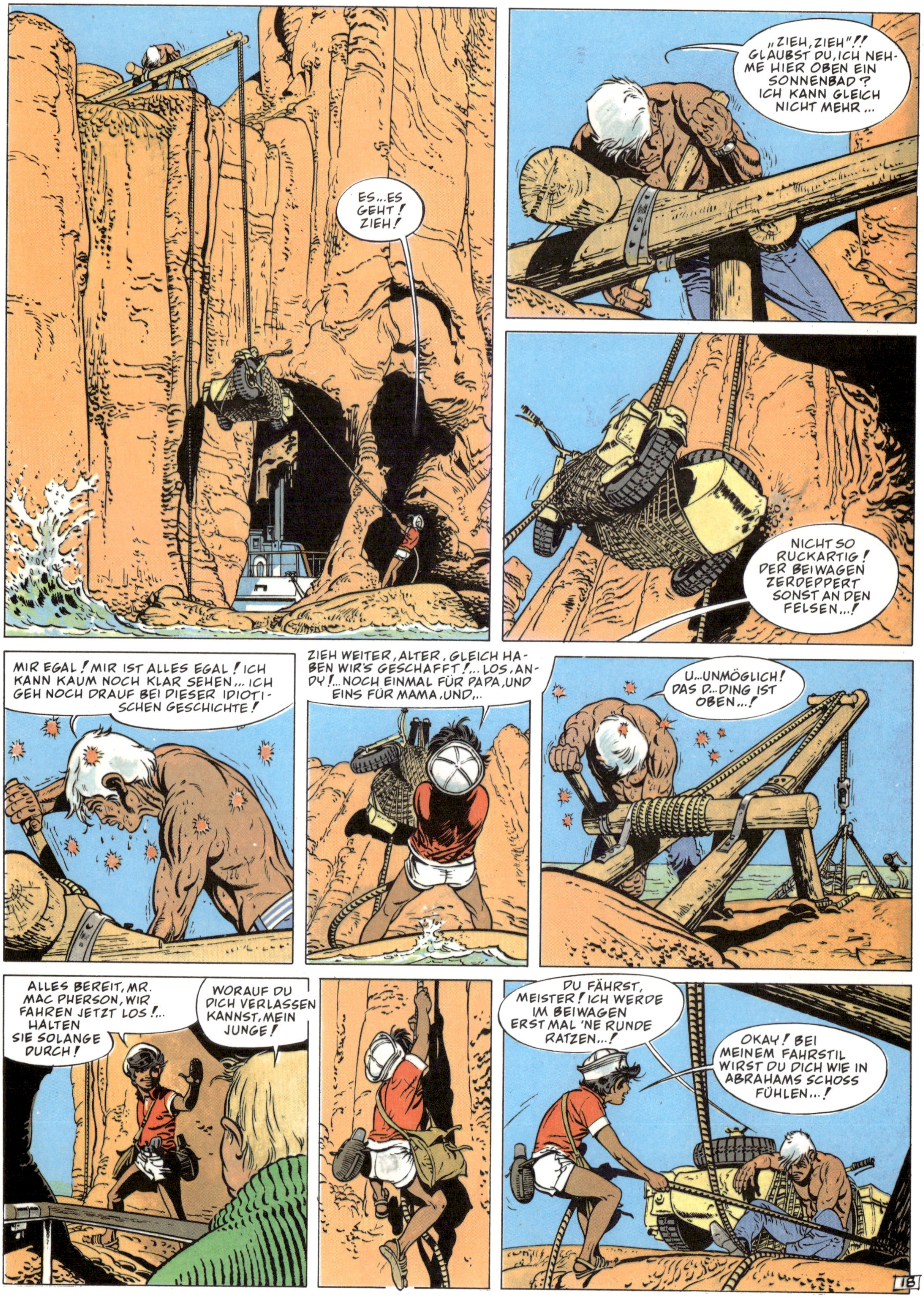
ES...ES
GEHT!
ZIEH!
„ZIEH, ZIEH"!!
GLAUBST DU, ICH NEHME HIER OBEN EIN SONNENBAD?
ICH KANN GLEICH NICHT MEHR...
NICHT SO RUCKARTIG! DER BEIWAGEN ZERDEPPERT SONST AN DEN FELSEN...!
MIR EGAL! MIR IST ALLES EGAL! ICH KANN KAUM NOCH KLAR SEHEN... ICH GEH NOCH DRAUF BEI DIESER IDIOTISCHEN GESCHICHTE!
ZIEH WEITER, ALTER, GLEICH HABEN WIR'S GESCHAFFT!... LOS, ANDY!... NOCH EINMAL FÜR PAPA, UND EINS FÜR MAMA, UND...
U...UNMÖGLICH! DAS D...DING IST OBEN...!
ALLES BEREIT, MR. MAC PHERSON, WIR FAHREN JETZT LOS!... HALTEN SIE SOLANGE DURCH!
WORAUF DU DICH VERLASSEN KANNST, MEIN JUNGE!
DU FÄHRST, MEISTER! ICH WERDE IM BEIWAGEN ERST MAL 'NE RUNDE RATZEN...!
OKAY! BEI MEINEM FAHRSTIL WIRST DU DICH WIE IN ABRAHAMS SCHOSS FÜHLEN...!
18

STEUERE DIREKT AUF DEN ROSTROTEN HÖHENZUG ZU! IN DIESER RICHTUNG LIEGT UNSERE OASE VON KAANIT ZERGA...!
GUT.
DAVOR MÜSSEN WIR DURCH DAS „TAL DES SCHREIENDEN SANDES"... EIN GEFÄHRLICHES STÜCK WÜSTE...
WARUM?
EIN GEBIET MIT TÜCKISCHEN WANDERDÜNEN... WENN WIR PECH HABEN, VERSINKEN WIR EINFACH IM SAND! DER WEG, DER AUF BARNEYS KARTE EINGEZEICHNET IST, UMGEHT DAS TAL, ABER SO KÖNNEN WIR WENIGSTENS ETWAS ZEIT RAUSHOLEN...
DER BODEN IST GEWELLT WIE DAS MEER BEI EINER LEICHTEN BRISE. SIND DAS DEINE WANDERDÜNEN?
JA. ICH HABE VORHIN DEN WETTERBERICHT GEHÖRT...
BEI WINDSTILLE IST DIESES FLECKCHEN ERDE ABSOLUT UNGEFÄHRLICH, ABER...
ICH WEISS...
...DIESER STUMME ZEITGENOSSE, DEN DU GERADE FOTOGRAFIERST, ZEIGT UNS, DASS DEM NICHT IMMER SO IST... EIN LÜFTCHEN NUR, UND ALLES IST ZU SPÄT!
REIFE LEISTUNG, BABY! UND WENN MICH MEINE ÄUGLEIN NICHT TÄUSCHEN, KANN ICH AM HORIZONT SCHON DEN GARTEN EDEN SEHEN!
PALMEN BEDEUTEN WASSER, UND WASSER KÖNNEN WIR BEIDE GUT GEBRAUCHEN... LOS, MIT VOLLDAMPF INS PARADIES!
!
DOCH IM PARADIES WOHNEN MANCHMAL NICHT NUR ENGEL...
19

PALMEN, DIE SICH IM WIND WIEGEN... WIE IN EINEM HOLLYWOODFILM...!
UND DORT DER VERZAUBERTE EINGANG... BRAT MIR 'NEN STORCH!!
EIN TOTER ?! SAG NUR, DAS WASSER IST VERGIFTET...
HE! HALLO... STEH AUF, MANN!
RUHIG, UNGLÄUBIGER! DU BIST IN DIE FALLE GEGANGEN... GENAUSO WIE RAHAD SADJI ES VORHERGESAGT HAT!
UND NUN DREH DICH MAL GANZ LANGSAM UM...!
ICH BRECH' ZUSAMMEN! ALI BABA UND DIE 40 RÄUBER!!!
20

ALSO, JUNGS, MAL HERHÖREN! ICH WILL IM AUFTRAG VON MAC PHERSON DEN VERWUNDETEN KRIEGSOPFERN MEDIKAMENTE BRINGEN... MIT ANDEREN WORTEN, ICH BIN EIN SEHR FRIEDLICHER MENSCH UND,..
?
HALT!
BRAAHH!
HIER-HER!
ELENDES MISTVIEH!
DU HUNDESOHN SCHLÄGST MEIN KAMEL?!
SEID IHR VERRÜCKT GEWORDEN, IHR TIERSCHINDER? DAS TREUE TIER HAT MICH SAMT GEPÄCK BRAV DURCH DIE WÜSTE GESCHAUKELT, UND IHR WOLLT ES PRÜGELN? DAFÜR WERDET IHR RATTEN BEZAHLEN!
WEG DA, ODER ICH NEHME ALLES AUSEINANDER! ICH...
DER ROTBÄRTIGE SPRICHT DIE WAHRHEIT, IHR RÄUDIGEN SCHAKALE! WER NOCH EINMAL DIE HAND GEGEN IHN ERHEBT, WIRD VON MIR AUF DER STELLE ERSCHOSSEN!!!
?!!
RAHAD SADJI, CHEF DIESER SCHÄNDLICHEN BANDE GEMEINER SPITZBUBEN, BITTET DICH FÜR DIESEN UNWÜRDIGEN EMPFANG UM ENTSCHULDIGUNG! ICH BIN SICHER, DU WIRST IHN MIR VERZEIHEN... ODER...?
WIE? ÄH... MOMENT, ERST MAL ZÄHLEN, OB ICH NOCH ALLE KNOCHEN HABE...
21

DIESER NICHTSWÜRDIGE ORT SIEHT NUR SELTEN BESUCHER VON EINEM FORMAT, WIE DU ES HAST... KOMM HER, FREMDER ...!
SEKUNDE!
ICH BIN ZWAR NUR AUF DER DURCHREISE, ABER DA DU MICH SCHON ZUM ESSEN EINLÄDST, MÖCHTE ICH DIE BESCHEIDENE BITTE ÄUSSERN, DASS MEIN LIEBLING – NÄMLICH DAS KAMEL – MIT DEM RESPEKT BEHANDELT WIRD, DER IHM GEZIEMT... UND WER DAS NICHT TUT, DEM BRECHE ICH DAS GENICK!
DIE VERNÜNFTIGE BITTE EINES ZIVILISIERTEN MANNES! ABDUL...!
KLASSE SERVICE!
ÜBRIGENS, ALTER JUNGE, WIE STANDEN HEUTE MORGEN DIE BÖRSENKURSE?
WIR LEBEN HIER ETWAS ABSEITS...
ICH WAGE ES KAUM, DICH IN MEINE HÜTTE ZU LADEN...
NUR KEINE UMSTÄNDE! HAUPTSACHE, DIE KLIMAANLAGE FUNKTIONIERT...
DARF ICH BITTEN?
HOPPALA! DU HAST GESTERN WOHL EINEN GANZEN ZIRKUS ÜBERFALLEN?
... NEIN, NEIN... ZUFÄLLIG HABEN EINIGE... ÄH... DURCHREISENDE KARAWANEN MEINEN WEG GEKREUZT...!
22

KOMMEN WIR ZUR SACHE, WERTER FREUND! WIE DU DIR VIELLEICHT DENKEN KANNST, IST MEINE TRUPPE SEIT KRIEGSBEGINN IMMER SCHWIERIGER ZU LENKEN...!
ERSTAUNT MICH NICHT, TEURER... ÄH... FREUND! DIESE BANDITEN SIND NICHTS WEITER ALS GEMEINGEFÄHRLICHE INSEKTEN, DIE...
JA, JA, SCHON GUT! ZU ALLEM UNGLÜCK HABE ICH NOCH MEINEN TREUEN LEUTNANT ABD EL MOKHTAR VERLOREN, DER VOM SULTAN AHMED ALI GEFANGEN WURDE... EIN WIRKLICH MUTIGER MANN!...
TJA, MUTIGE MÄNNER ERKENNE ICH AUF DEN ERSTEN BLICK, UND DESHALB MEINE FRAGE, ROTBART... WILLST DU DEN PLATZ ABD EL MOKHTARS, DEM ALLAH GNÄDIG SEIN MÖGE, EINNEHMEN?...
ICH ??
DU ERHÄLTST ZEHN PROZENT DER BEUTE, EINE LEIBWACHE, ZWEI ODER DREI EHEFRAUEN NACH WAHL... UND DEIN KAMEL WIRD BEHANDELT, ALS WÄRE ES AUS PORZELLAN...
EIN EINMALIGES ANGEBOT... ABER NEHMEN WIR MAL DEN ABSURDEN FALL AN, ICH LEHNE AB... WAS GESCHIEHT DANN?
ICH WÜRDE DICH SOFORT KÖPFEN LASSEN, ROTBART!
HAB' ICH MIR FAST GEDACHT. ÄHM... GEWÄHRST DU MIR EINEN KLEINEN VERDAUUNGSSPAZIERGANG? ICH SAGE DIR DANACH BESCHEID...
GEWISS.
... UND WENN ICH VERDUFTE, WERDE ICH WIE EIN KARNICKEL ABGEKNALLT!... BARNEY JORDAN, ALTER KUMPEL, LASS DIR WAS EINFALLEN, UM AUS DIESEM SCHLAMASSEL RAUSZUKOMMEN!!!
GESCHAFFT! DAS „TAL DES SCHREIENDEN SANDES" LIEGT HINTER UNS...
GLÜCK GEHABT, DASS ES SO WINDSTILL WAR. BIS ZUR OASE IST'S NICHT MEHR WEIT...
23

NA, SCHÄTZCHEN, DA SITZEN WIR JA DICK IN DER TINTE... ODER HAST DU VIELLEICHT 'NE IDEE?
BRAAAHH!
ZUM TEUFEL, KEINE STREICHHÖLZER MEHR! EINE KATASTROPHE JAGT DIE ANDERE...
HAST DU FEUER, TAPFERER KRIEGER?
KEIN FEUER! NICHT RAUCHEN, SONST... WUSSSCH! BUMBUM!
?
WUSSSCH! BUMBUM!... WAS SOLL DENN DAS BEDEUTEN? MAN KÖNNTE FAST ANNEHMEN, DASS... BRAT' MIR 'NEN STORCH!
JETZT KAPIERE ICH!
BENZIN! UNMENGEN VON SPRIT!... SADJI MUSS EINEN BENZINTRANSPORT ÜBERFALLEN HABEN!
BENZIN
WUSSSCH... BUMBUM...? HM...
DER FREMDE SIEHT SICH SCHON UM... BESTIMMT LÄSST ER SICH VERFÜHREN!
EINE BOTSCHAFT FÜR DEN MÄCHTIGEN RAHAD SADJI... SCHNELL!
24

DIE ARMEE VON AHMED ALI NÄHERT SICH UNS... MIT MEHR ALS HUNDERT KAMEL-REITERN UND VIELEN PANZERN! BALD WERDEN SIE IN KAANIT ZERGA SEIN!
UND WENN IHM ALLE TEUFEL DER WÜSTE HELFEN...
... DIESE RATTE, DIE VOR DEM KRIEG KAUM EINE LEIBWACHE BESASS, HAT KEINE CHANCE GEGEN MICH!
?
JETZT, DA ER MIT FALSCHEN VERSPRECHUNGEN DIE BERGBEWOHNER ZU SICH GELOCKT HAT, GLAUBT ER, MICH VERHÖHNEN ZU KÖNNEN!... DOCH ICH WERDE IHN ZERQUETSCHEN WIE EINE LAUS!
ABER... ER HAT VIELE PANZER UND GRANATEN, O HERR!
WAS SIND KANONEN GEGEN DEN MUT MEINER TREUEN KRIEGER?
DARF ICH, DA DU MICH JA SCHON ZUM KRIEGSMINISTER MACHEN WILLST, AUCH MEINEN BESCHEIDENEN SENF BEISTEUERN, ALTER JUNGE?
JA?...
EINE GRANATE KANN SEHR WEIT FLIEGEN... NOCH EHE SICH EINER DEINER REITER DER KANONE GENÄHERT HAT...!
EIN TREFFER IN DEIN BENZINLAGER, UND DU WIRST GLAUBEN, DASS DU IN DER HÖLLE SCHMURGELST...
BRINGT SOFORT DAS BENZIN IN SICHERHEIT! BINNEN EINER STUNDE WILL ICH IN DER OASE NICHTS BRENNBARES MEHR SEHEN!
EIN WEISER RAT, TEUERSTER JORDAN! AHMED ALI KOMMT ERST IN ZWEI STUNDEN... BEREITEST DU SEINEN EMPFANG VOR...?
DARAUF KANNST DU GIFT NEHMEN...!

SEKUNDE, HERCULES, ICH...
...HELFE DIR!
EIN EDLER TROPFEN...
HM...DER ROTBART HAT NICHT NUR MUSKELN, SONDERN AUCH KÖPFCHEN...
AHMED ALIS PANZER HABEN SICH JETZT IN DEN WEISSEN DÜNEN GESAMMELT, HERR!
ES SCHEINT, ALS SEI DIE ZEIT ZUM HANDELN GEKOMMEN...
ADIEU, MEIN PFEIFCHEN! DEN WEG ALLEN IRDISCHENS WIRST AUCH DU JETZT GEHEN MÜSSEN, ABER...
...SO IST DAS NUN MAL IM KRIEG!
!?
!
?!
26

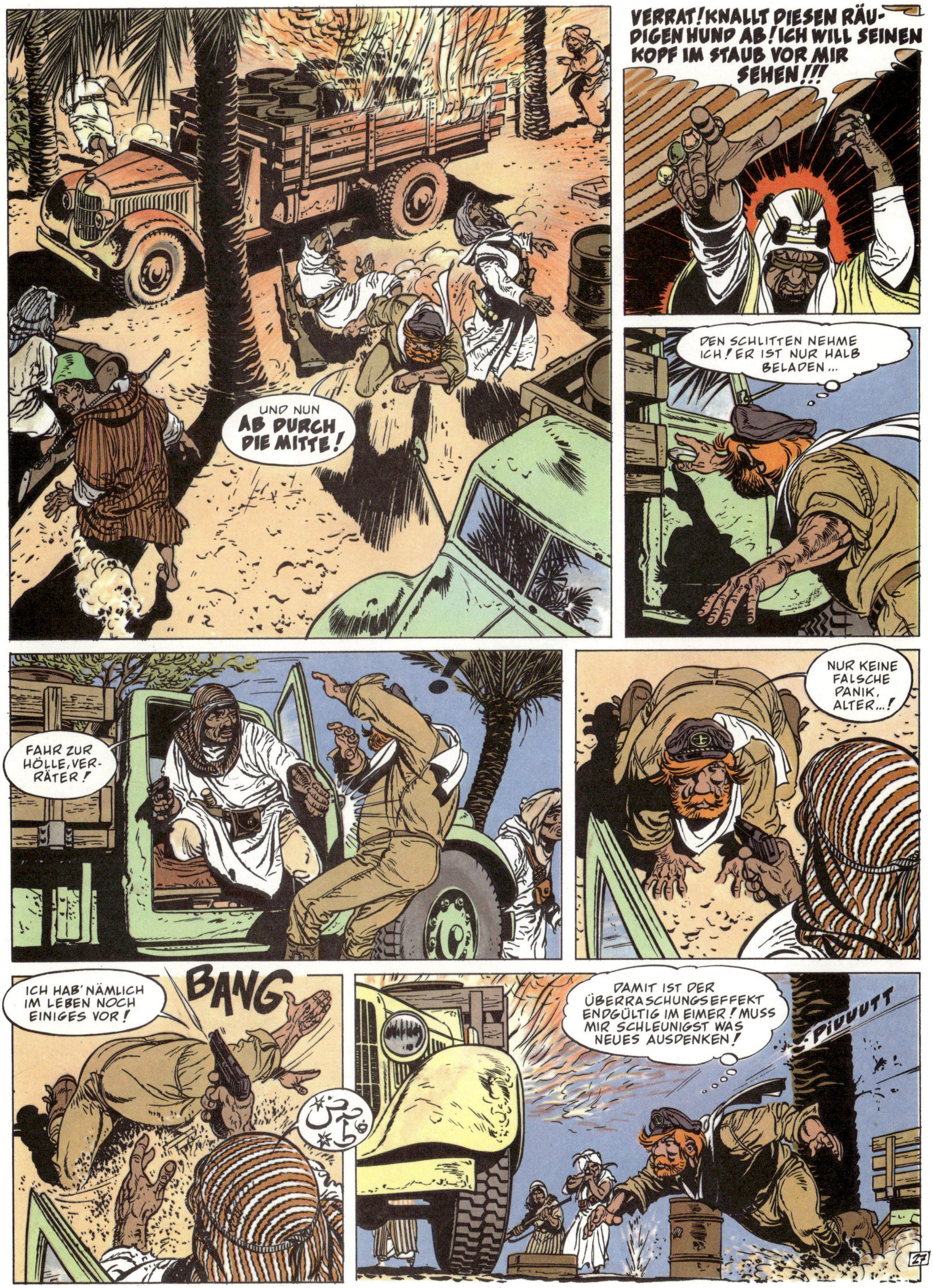
UND NUN AB DURCH DIE MITTE!
VERRAT! KNALLT DIESEN RÄUDIGEN HUND AB! ICH WILL SEINEN KOPF IM STAUB VOR MIR SEHEN!!!
DEN SCHLITTEN NEHME ICH! ER IST NUR HALB BELADEN...
FAHR ZUR HÖLLE, VERRÄTER!
NUR KEINE FALSCHE PANIK, ALTER...!
ICH HAB' NÄMLICH IM LEBEN NOCH EINIGES VOR!
BANG
DAMIT IST DER ÜBERRASCHUNGSEFFEKT ENDGÜLTIG IM EIMER! MUSS MIR SCHLEUNIGST WAS NEUES AUSDENKEN!
PIUUUTT
27

ZUM GLÜCK SITZT IN DIESER KLAPPERKI-STE KEIN SCHIESSWÜTIGER CHAUFFEUR...!
UND DER SCHLÜSSEL STECKT AUCH...JETZT KANN ICH NUR HOFFEN, DASS DIE KARRE NICHT SCHON BEIM STARTEN IN DIE LUFT FLIEGT...
WEG DA, ODER WOLLT IHR MIT HOCHGEHEN?
VERRÜCKT! DER WAGEN IST EINE BOMBE MIT ZEITZÜNDER!
WENN NEPTUN DEM SCHICKSAL ARMER SEELEUTE IN DER WÜSTE GNÄDIG IST, GIBT ER MIR NOCH DREI MINUTEN... MEHR BRAUCHE ICH NICHT...
GESCHAFFT! ICH BIN DRAU... ABER... DA KOMMEN ANDY UND ALI!
!?!
!?
28

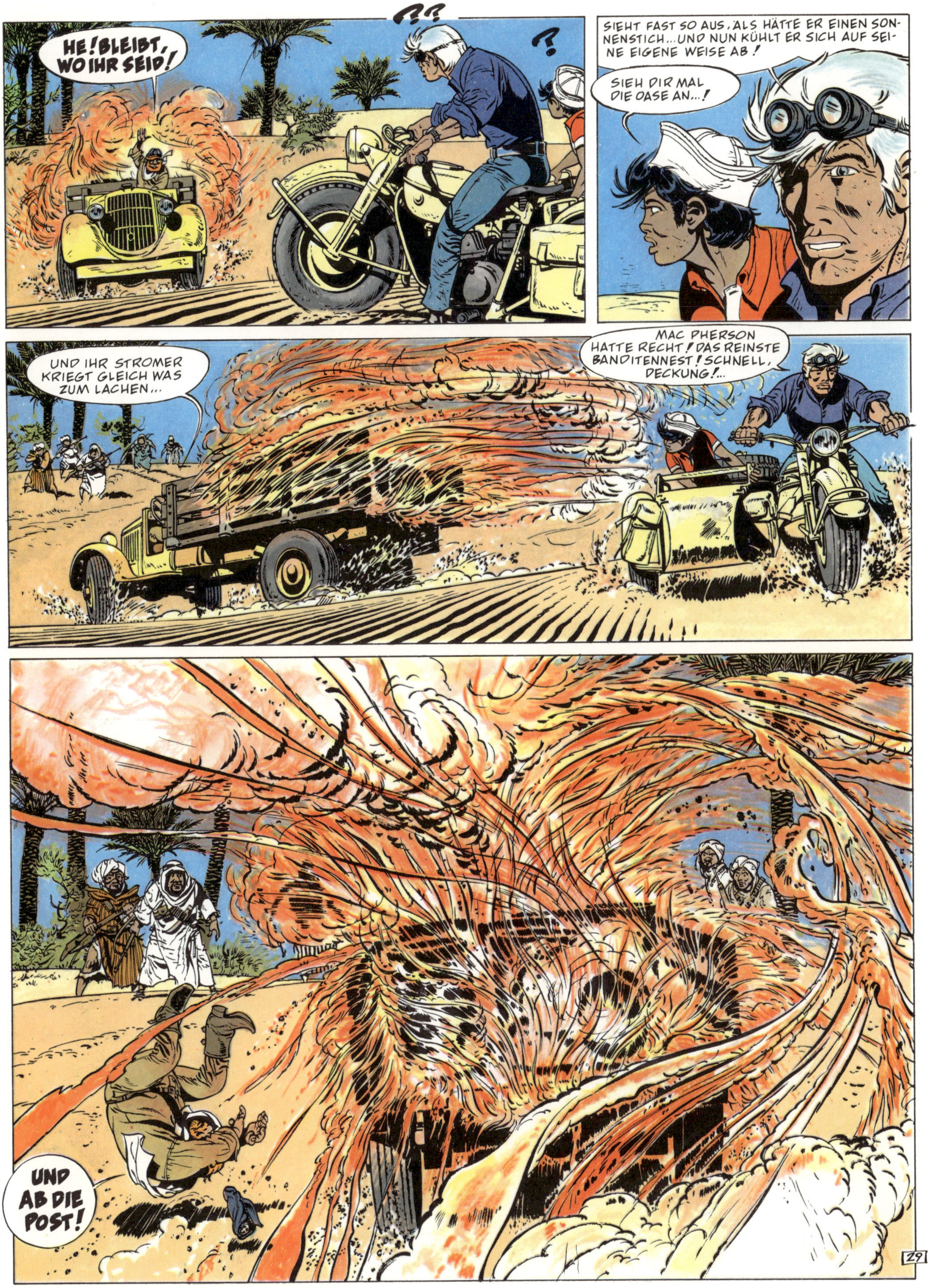
HE! BLEIBT, WO IHR SEID!
??
?
SIEHT FAST SO AUS, ALS HÄTTE ER EINEN SONNENSTICH... UND NUN KÜHLT ER SICH AUF SEINE EIGENE WEISE AB!
SIEH DIR MAL DIE OASE AN...!
UND IHR STROMER KRIEGT GLEICH WAS ZUM LACHEN...
MAC PHERSON HATTE RECHT! DAS REINSTE BANDITENNEST! SCHNELL, DECKUNG!...
UND AB DIE POST!
29

BAOONNGG
HA! HA! ICH HAB'S GESCHAFFT!
SAGENHAFT, BARNEY! DAS MACHT DIR KEINER NACH, DIE WÜSTE ABZUFACKELN... UND DIE MEDIKAMENTE?
DIE MED... UND TEUFEL NOCH MAL, MEIN KAMEL! DAS TREUE TIER SCHMORT JETZT IN DIESER HÖLLE!!!

ICH MUSS ZURÜCK, UM MEINEN KLEINEN LIEBLING ZU RETTEN!
DU BIST VERRÜCKT!
HIER-GEBLIEBEN! ODER SOLL ICH DICH ALS SPIESSBRATEN MIT NACH HAUSE NEHMEN?
VERSTEH MICH DOCH, ANDY! DAS IST KEIN GEWÖHNLICHES KAMEL! ICH MUSS ES DA RAUSHOLEN...
PASST AUF! DIE BANDITEN GREIFEN VON RECHTS AN!
OKAY, LEUTE, HIER SIND EURE KANONEN...
ÄH... DEIN FERNGLAS...!
DAS KANN KEINE FATA MORGANA SEIN... GENAU! ICH WÜRDE ES IMMER WIEDER ERKENNEN...
DA IST ES!
MEIN KAMEL! LOS, KLEINER, KOMM SOFORT ZU BARNEY!
DAS IST WAHNSINN, BARNEY! DU HAST GEGEN DIE KERLE KEINE CHANCE...!
31

DA! DAS IST DER VERRÄTER MIT DEM ROTEN BART! ICH WILL SEINEN KOPF!
PANG PANG
Piuuuuuuu....
DAMIT KÖNNT IHR HAMPEL-MÄNNER MIR KEINE ANGST MACHEN! ICH KANN AUCH...
BAOMM
??
WAR... WAR ICH DAS ETWA?
NEIN, DU IDIOT! LOS, DEK-KUNG!
DEIN FREUDEN-FEUER HAT DIE PUTZ-KOLONNE ANGELOCKT... ODER KENNST DU DIE JUNGS?
AHMED ALIS PANZER...!!
32

ICH ERKENNE RAHAD SADJIS WAGEN! FEUER!!
ABER... DIE LEUTE MIT DEM MOTORRAD SIND FREMDE...!
EGAL! ICH SAGTE... FEUER!
GUTE NACHT!
SCHNELL RUNTER!
MEIN SCHNUCKEL-CHEN! GLEICH BIN ICH BEI DIR...!
JORDAN!
AUCH WENN ICH GLEICH ZUR HÖLLE FAHREN WERDE... DICH NEHME ICH NOCH MIT!
WEG DA, BARNEY! DU STEHST IN DER SCHUSSLINIE...
SCHAU MAL, ANDY...!
AAAAAAH!
!?
33

OH NEIN!... ENTSETZLICH!
OBWOHL ER BARNEY ERSCHIESSEN WOLLTE... ABER SO EIN ENDE...
H... HALT MEIN KLEINER! RUHIG, GANZ RUHIG, BABY!
DU WOLLTEST MICH RETTEN, SCHNUCKELCHEN? WIE LIEB VON DIR...!
DIE PANZER KOMMEN NÄHER, BARNEY! WIR MÜSSEN ABHAUEN... SCHMUSEN KANNST DU SPÄTER...!
DIE BRENNENDE OASE DECKT UNS! ICH SCHWINGE MICH AUF MEINEN VIERBEINIGEN LIEBLING, UND DU NIMMST DAS MOTORRAD...!
OKAY, ABER...
... WIR MÜSSEN DIE MEDIKAMENTE RETTEN!... MANN, WAS DER ALLES IN SEINEM WÄGELCHEN HATTE...!
ER BRAUCHT ES NICHT MEHR!... WO SIND SEINE GORILLAS?
HABEN SICH IM AFFENZAHN ZWISCHEN DEN DÜNEN VERKROCHEN...!
KANN MIR KAUM VORSTELLEN, DASS SIE UNS EINFACH ABDAMPFEN LASSEN...
MEDICAL SUPPLIES
EIN KAMELREITER UND EIN MOTORRAD MIT KISTEN!... ANSCHEINEND WOLLEN SIE SICH DIE BEUTE UNSERES FEINDES UNTER DEN NAGEL REISSEN! SCHIESST... MIT MASCHINENGEWEHREN...!
DIESE GANGSTER! WIR SIND WOHL KEIN GRÖSSERES KALIBER WERT?
SIE DENKEN, WIR HAUEN MIT DER BEUTE AB... UND WIR HABEN AUCH KEINE ZEIT, IHNEN ZU ERKLÄREN, DASS ES SICH HIER OFFENSICHTLICH UM EIN MISSVERSTÄNDNIS HANDELT!...
34

WIR SCHAFFEN ES!
DIE OASE NIMMT IHNEN DIE SICHT...!
SOLLEN WIR MITTEN DURCH DIE FLAMMEN FAHREN?
ALLERDINGS, UND ZWAR MIT VOLLGAS! EIN BISSCHEN HITZE SCHADET NICHTS...!
MEHR NACH LINKS! DORT IST DAS FEUER SCHWÄCHER...
!!??
SOFORTIGE BEFEHLSÄNDERUNG! WIR MÜSSEN DIE FRAUEN RETTEN!
WIR SCHAFFEN ES NICHT, SIE ALLE WEGZUBRINGEN! BLEIBT NUR EINS: WIR LASSEN SIE IM WASSER STEHEN UND WARTEN, BIS DAS FEUER VORBEI IST...!
KOMISCH! GERADE WOLLTEN SIE UNS NOCH DEN WEG ABSCHNEIDEN...
PAH! DIE ALTEN KISTEN SIND GARANTIERT IN DEN FLAMMEN GESCHMOLZEN WIE BUTTER...!
HOCH MIT DER FLAGGE, JUNGS! VOR UNS LIEGT DAS GELOBTE LAND! DIE WÜSTE IST UN...
PANG
BARNEY!!!
35

DECK MICH, ALI! ICH MUSS BARNEY HOLEN...!
DIESE VERBRECHER! ICH HAB'S GEWUSST. DIE SIND NOCH GIERIGER ALS DIE SCHLIMMSTEN HYÄNEN...!
LANGE KANN ICH SIE NICHT AUFHALTEN!
BANG BANG BANG BANG
BANG BANG
GIB DEINEM KAMEL EIN KÜSSCHEN, BARNEY!... WENN ES NICHT SO GESCHAUKELT HÄTTE, WÄRST DU JETZT EIN TOTER MANN!
NIMM MICH MIT, ANDY! EIN ALTER SEEMANN DARF NUR IM MEER SEINE LETZTE RUHE FINDEN...!
SOWEIT SIND WIR NOCH NICHT! AUSSER EINER FETTEN NARBE WIRD DICH BALD NICHTS MEHR AN DIESEN SCHUSS ERINNERN!
MEDICAL SUPPLIES
IM MOMENT HABEN SIE SICH ZURÜCKGEZOGEN, ABER BALD...
SIE SIND WIE AASGEIER, DIE GEDULDIG AUF IHRE BEUTE LAUERN... LEICHT WERDEN WIR DIE NICHT LOS...!
UND WAS WIRD INZWISCHEN AUS BARNEY?
WENN ICH DAS WÜSSTE! ER MUSS HIER WEG, EHE ER NOCH VERBLUTET...
MAC PHERSONS BETÄUBUNGSMITTEL LINDERN WENIGSTENS DIE SCHLIMMSTEN SCHMERZEN! TROTZDEM MUSS ER SCHLEUNIGST VON EINEM ARZT BEHANDELT WERDEN...!
WENN ICH MIT DIESER ASTHMATISCHEN MÜHLE WEITER IM SCHRITTEMPO FAHRE, SCHÜTTELT SIE SICH IN TAUSEND TEILE AUSEINANDER... WIR BRAUCHEN FLACHES GELÄNDE OHNE GESCHAUKEL... ALSO, AUF INS „TAL DES SCHREIENDEN SANDES"!
36

DURST, ANDY... IN DER OASE... RAHADS KÜHLSCHRANK... KALTE LIMONADE...
MUT, BARNEY! DU MUSST DURCHHALTEN!
ER HAT WUNDFIEBER UND BRAUCHT WAS ZU TRINKEN!
EINE BODENSENKE...
NICHT GERADE SEHR SICHER, ABER WIR HABEN KEINE ZEIT, EIN LOCH ZU BUDDELN...
D... DURST...
NUR EIN BISSCHEN! DU MUSST DIE NACHT ABWARTEN, DANN WIRD'S DIR BESSER GEHEN...
DU MUSST DIE FELDFLASCHE VOM KAMEL NEHMEN, ANDY!
MIST! WIR HATTEN DAMIT GERECHNET, UNS IN DER OASE MIT WASSER VERSORGEN ZU KÖNNEN...
BANG
BANG
BANG
EIN GEWEHR MIT ZIELFERNROHR!!!
JETZT BLEIBEN UNS NUR NOCH EIN PAAR TROPFEN...UND OHNE WASSER IST BARNEY VERLOREN!... ABER WAS TREIBEN WIR UNS AUCH IN DIESEM VERDAMMTEN LAND HERUM??
37

SIE KRABBELN DURCH DIE DÜNEN WIE SANDFLÖHE! ICH HAB' DAS GEFÜHL, ALS WOLLEN SIE UNS UMZINGELN... KANNST DU DICH NICHT EIN BISSCHEN BEEILEN, ANDY?
FERTIG... DIESMAL SITZT DER VERBAND BOMBENSICHER!
WENN WIR EINEN DURCHBRUCH SCHAFFEN WOLLEN, MÜSSEN WIR DIESEN GANZEN KREMPEL HIERLASSEN... WIR SIND SONST ZU UNBEWEGLICH.
WEG MIT DEM GERÜMPEL
HE! WAS SEH' ICH DA?
SCHNALL BARNEY AUF SEINEM LIEBLING FEST, UND VERSCHWINDE MIT IHM IN RICHTUNG SÜDOSTEN! ICH KOMME MIT DEM MOTORRAD BALD NACH...
?
WO WILLST DU HIN? SIE WERDEN DICH WIE EINE TAUBE ABKNALLEN!
IM GEGENTEIL! ERINNERST DU DICH AN DEN ALTEN WIRT AM STRAND...?
DER WIRT, BEI DEM ES DAMALS DIE SCHLÄGEREI GAB... AH, ICH VERSTEHE!
ALLES GUTE, ALI!
HALLO! FROHE WEIHNACHTEN! HE, HIER BIN ICH!
!?
?!?!
DER WEIHNACHTSMANN HAT EUCH WAS SCHÖNES MITGEBRACHT!
NA ALSO, ICH HABE IHRE RAFFGIER DOCH NICHT UNTERSCHÄTZT! BLEIBT MIR NUR ZU HOFFEN, DASS SIE SICH BEI DEM STREIT UM DIE BEUTE GEGENSEITIG EIN PAAR LÖCHER IN DEN BAUCH BALLERN... WAS FÜR EIN SCHAUSPIEL!
38

IN DEN BEIWA-
GEN, ALI... UND LASS
DAS KAMEL AUF KEI-
NEN FALL LOS!
ICH FÜHLE MICH
WIE IM ZIRKUS! WIR HÄTTEN
VON DEN JUNGS GELD NEHMEN SOL-
LEN... MIT DIESER NUMMER SIND
WIR UNSCHLAGBAR!
DAS IST KEIN SPIEL, SONDERN BLUTIGER ERNST UND UNSERE EINZIGE CHANCE, DIESE WÜSTENRÄUBER ABZUHÄNGEN. WENN WIR'S JETZT NICHT SCHAFFEN, IST NICHT NUR BARNEY EIN TOTER MANN... ALSO AB JETZT MIT VOLLDAMPF!
DAS TAL LIEGT VOR UNS. WIE SIEHT'S HINTEN AUS, ALI?
EINE MENGE STAUB... SIE FOLGEN UNS WEITER!
MEDICAL SUPPLIES
VERDAMMT! WIR SIND GELIEFERT...!
AUF IHREN GÄULEN HOLEN SIE UNS EIN!
DAS DARF DOCH NICHT WAHR SEIN! SO KÖNNEN WIR IHNEN NIEMALS ENTWI-SCHEN...!
DU MUSST DICH ALLEINE DURCHSCHLA-GEN!... ICH HALTE HIER SOLANGE DIE STELLUNG! LOS, RAUF AUF DIE MÜHLE, UND DANN DÜST DU MIT VOLLGAS DAVON!
NEIN, MEIN LIEBER, NICHT MIT MIR! DU WILLST DICH OPFERN, DAMIT ICH MICH ALLEINE RETTEN KANN... KOMMT NICHT IN DIE TÜTE! WIR WERDEN GEMEINSAM KÄMPFEN...
ALI, DER SAND BEWEGT SICH! DAS KOMMT NICHT VOM AUS-PUFF... DAS IST DER WIND! DER WIND, VERSTEHST DU?
??
39

NA UND ? ES WEHT EIN BISS-CHEN...
HALT DICH GUT FEST!
BRAHHH!
WIR DÜSEN VOLLES ROHR DURCH DEN STURM!
SITZT BARNEY NOCH OBEN ?
JA, ABER DAS HÄLT ER NIEMALS DURCH!
ENTWEDER ÜBERLEBT ER DIESEN RITT, ODER DIE BANDITEN MACHEN IHN KALT... DAS IST DIE ALTERNATIVE, KLEINER! MEHR KÖNNEN WIR NICHT FÜR IHN TUN... VERDAMMT, WO IST DENN DAS TAL ?
NA ENDLICH! DA WERDEN SIE SICH NICHT REINWAGEN...
GENAU! HOFFEN WIR NUR, DASS ES NICHT UNSERE LETZTE RUHESTÄTTE WIRD...!
BANG
DANG
HÖRT IHR, WIE DIE GEI-STER HEU-LEN ?
DAS TAL DES TODES! DIE FREM-DEN MÜSSEN VER-RÜCKT SEIN!
SIE BLEIBEN ZURÜCK, ANDY... GERETTET!
ODER VERLOREN!... SIE WISSEN BESSER ALS WIR, WELCHE HÖLLE UNS ERWARTET...!
40

LASST UNS UMKEHREN! IN EINER STUNDE WIRD DER SAND IHRE STINKENDEN KADAVER UNTER SICH BEGRABEN HABEN!
WAS REDEST DU DA, DU FEIGLING? NOCH KÖNNEN WIR SIE EINHOLEN UND AUSPLÜNDERN!
VORHIN HABEN SIE UNS NUR WERTLOSES ZEUG VOR DIE FÜSSE GEWORFEN! IHREN REICHTUM TRAGEN SIE BEI SICH!
HAST DU DEN VERSTAND VERLOREN, AHMED? REITE WEITER, WENN DU AUCH DEIN LEBEN VERLIEREN WILLST...ICH WERDE MIT MEINEM PFERD JEDENFALLS UMKEHREN ...!
WIE DU WILLST! SO LÄSST SICH DIE BEUTE LEICHTER TEILEN!
VORWÄRTS, WER MUT GENUG BESITZT! FEIGE MEMMEN KÖNNEN WIR SOWIESO NICHT GEBRAUCHEN!
BALD WERDEN DEINE KNOCHEN IM SAND BLEICHEN, AHMED!
WANN SIND WIR ENDLICH DURCH DIESES TAL DURCH, ANDY?
WEISS NICHT... MIST, DIE MÜHLE STREIKT!
WIR MÜSSEN IRGENDWO SCHUTZ SUCHEN!
DER SAND STICHT IN MEINE HAUT WIE MIT TAUSEND NADELN!
WIR MÜSSEN VERSUCHEN, UNS GUT EINZUWIKKELN...!
UND DIESES PFEIFEN! ES ZERREISST MIR NOCH DAS TROMMELFELL!
DAS TAL VERSTÄRKT DAS GEHEULE WIE EIN RIESIGER RESONANZKÖRPER! NIMM DIR WATTE AUS DEM MEDIZINKASTEN, UND STOPF SIE DIR IN DIE OHREN, SO FEST ES GEHT!
41

AHMED, WIR KOMMEN NICHT WEITER! DIE PFERDE SINKEN BEI JEDEM SCHRITT IMMER TIEFER EIN!
REITET ZURÜCK, IHR FEIGLINGE! ICH FOLGE DEN UNGLÄUBIGEN...
DER SAND BLENDET AHMED WIE SEINE GIER! ICH WILL ZURÜCK...!
LOS, WIR KEHREN UM!
VERSCHWINDET, IHR ELENDEN RATTEN! MÖGE EUCH DER WIND BIS IN DIE HÖLLE BLASEN! HA! HA! HA!
A... AHMED!
DIE FELSEN AUS SANDSTEIN... SIE STÜRZEN EIN!!
42

DIE GANZE NACHT LANG UND NOCH DEN DARAUFFOLGENDEN TAG SPIELEN DIE SCHRECKLICHEN ORGELN DES SANDSTURMS IHRE TÖDLICHE MELODIE ... IN ALIS UND ANDYS KÖPFEN BESTEHT DAS LEBEN NUR NOCH AUS EINEM EINZIGEN LAUTEN DRÖHNEN...
DANN, AM MORGEN DES ZWEITEN TAGES, LEGT SICH DER STURM EBENSO PLÖTZLICH, WIE ER GEKOMMEN WAR...
FÜR DIE TIERE DER WÜSTE NIMMT DAS LEBEN WIEDER SEINEN GEWOHNTEN GANG...
AHMED UND SEINE MÄNNER HINGEGEN MUSSTEN FÜR IHRE GIER MIT DEM TOD BEZAHLEN...
IN DER NÄHE...
BRA-HA-HAAAAA
SCHNELL, DORT...!
OHNE DEN SCHREI DES KAMELS WÄREN WIR VORBEIGEFAHREN! LOS, ATEMGERÄT UND ALKOHOL...!
DAS FUNKGERÄT...
BZZ-ZZZZZ
IHR FREUND VOM SCHIFF! BERUHIGE IHN, UND BENACHRICHTIGE DAS FLÜCHTLINGSLAGER...
43

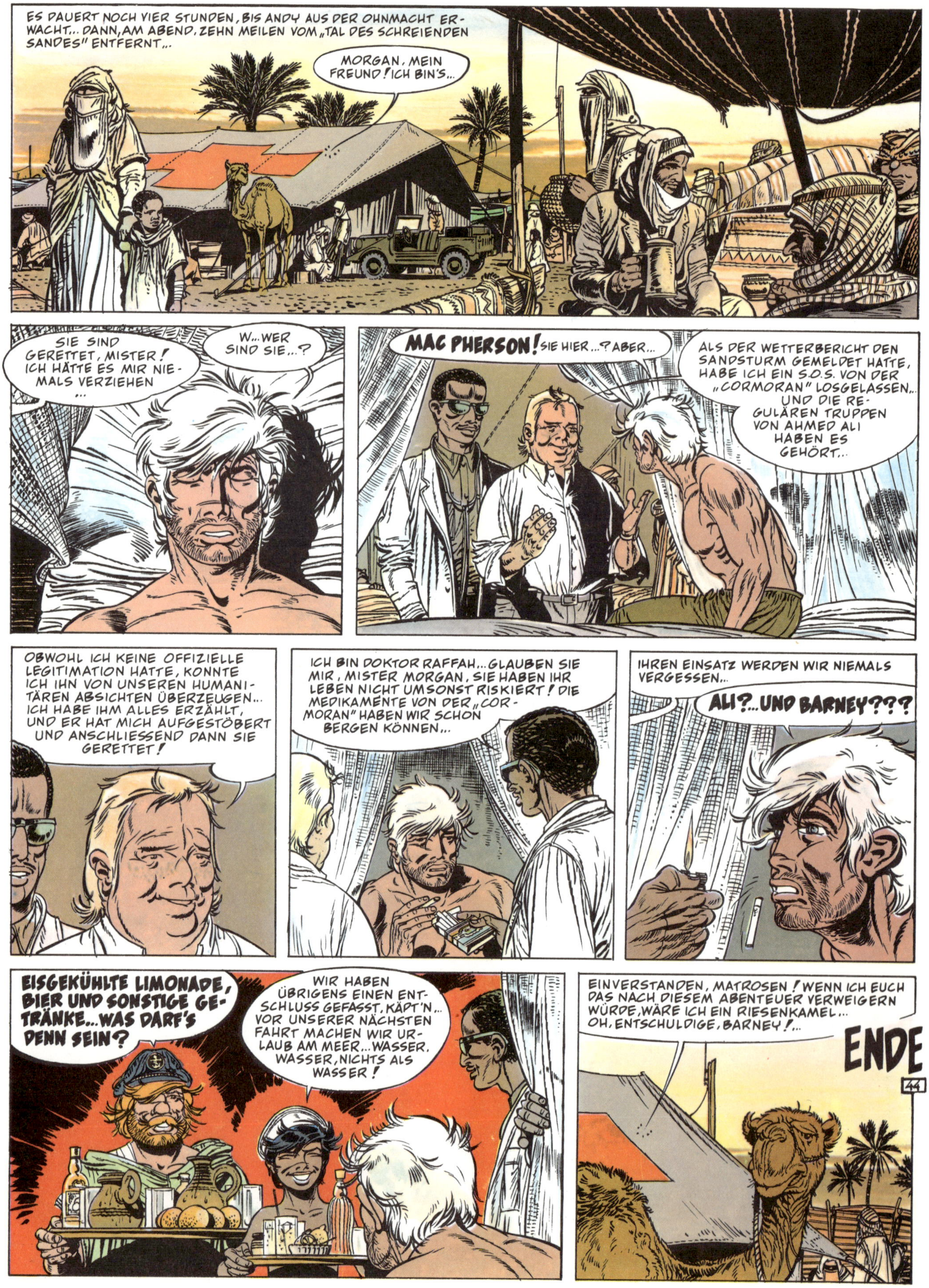

ES DAUERT NOCH VIER STUNDEN, BIS ANDY AUS DER OHNMACHT ERWACHT... DANN, AM ABEND, ZEHN MEILEN VOM „TAL DES SCHREIENDEN SANDES" ENTFERNT...
MORGAN, MEIN FREUND! ICH BIN'S...
SIE SIND GERETTET, MISTER! ICH HÄTTE ES MIR NIEMALS VERZIEHEN ...
W... WER SIND SIE...?
MAC PHERSON! SIE HIER...? ABER...
ALS DER WETTERBERICHT DEN SANDSTURM GEMELDET HATTE, HABE ICH EIN S.O.S. VON DER „CORMORAN" LOSGELASSEN... UND DIE REGULÄREN TRUPPEN VON AHMED ALI HABEN ES GEHÖRT...
OBWOHL ICH KEINE OFFIZIELLE LEGITIMATION HATTE, KONNTE ICH IHN VON UNSEREN HUMANITÄREN ABSICHTEN ÜBERZEUGEN... ICH HABE IHM ALLES ERZÄHLT, UND ER HAT MICH AUFGESTÖBERT UND ANSCHLIESSEND DANN SIE GERETTET!
ICH BIN DOKTOR RAFFAH... GLAUBEN SIE MIR, MISTER MORGAN, SIE HABEN IHR LEBEN NICHT UMSONST RISKIERT! DIE MEDIKAMENTE VON DER „CORMORAN" HABEN WIR SCHON BERGEN KÖNNEN...
IHREN EINSATZ WERDEN WIR NIEMALS VERGESSEN...
ALI?... UND BARNEY???
EISGEKÜHLTE LIMONADE, BIER UND SONSTIGE GETRÄNKE... WAS DARF'S DENN SEIN?
WIR HABEN ÜBRIGENS EINEN ENTSCHLUSS GEFASST, KÄPT'N... VOR UNSERER NÄCHSTEN FAHRT MACHEN WIR URLAUB AM MEER... WASSER, WASSER, NICHTS ALS WASSER!
EINVERSTANDEN, MATROSEN! WENN ICH EUCH DAS NACH DIESEM ABENTEUER VERWEIGERN WÜRDE, WÄRE ICH EIN RIESENKAMEL... OH, ENTSCHULDIGE, BARNEY!...
ENDE
44

EDITION comicArt IM CARLSEN VERLAG

Comics für Kenner

EIN FALL FÜR INSPEKTOR CANARDO

Die melancholische Ente Canardo, der „Bogart der Comic-Kunst", schlittert ganz gegen ihren Willen von einer Tragödie in die andere.

Von Benoît Sokal.

CORTO MALTESE

Corto Maltese ist ein Einzelgänger, ein Kapitän ohne Schiff. Er lebt in einer Welt, in der sich Realität, Magie und Phantasie ständig vermischen…

Von Hugo Pratt.

JOHN DIFOOL

Privatdetektiv John Difool, der Held dieser Science-Fiction-Serie, wird über Nacht zu einer der meistgesuchten Personen des ganzen korrupten Planeten…

Von Moebius und Jodorowsky.

REISENDE IM WIND

Auf einem Sklavenschiff gelangt die junge Adlige Isabeau de Marnaye gegen Ende des 18. Jahrhunderts bis nach Afrika und wird dort mit der grausamen Realität des Menschenhandels konfrontiert.

Von François Bourgeon.

DIE REISE ANS ENDE DER WELT

Auf der Suche nach schemenhaften Bildern, die durch seinen Kopf jagen, gerät Arthis Jolinon in die Sümpfe, die von den Einheimischen „Das Ende der Welt" genannt werden.

Von Makyo und Vicomte.

SPIRIT

Der Gangsterjäger Denny Colt alias Spirit ist kein Superheld nach gängigen Klischees. – Ein aufregend gezeichneter Klassiker der Comics.

Von Will Eisner.

REIHE 16/22

Eine neue Reihe in einem neuen Format. Eine bunte Mischung von Comics einiger der bekanntesten Zeichner und Autoren der französischen Schule.

SIMON – ZEUGE DER ZUKUNFT

Am Beispiel von Simon dem Jäger wird deutlich gemacht, daß sich die Machtverhältnisse auf dieser Welt auch nach einem neuen allumfassenden Krieg nur wenig ändern.

Von Auclair.

DIE SUCHE NACH DEM VOGEL DER ZEIT

Eine große Gefahr bedroht das Reich Akbar. Pelissa reist durch unzählige Gefahren, um den Vogel der Zeit zu suchen. Denn nur er kann Akbar retten.

Von Le Tendre und Loisel.

NIKODEMUS BORODIN

In der Zeit der Segelschiffe und Zeppeline versucht der Reporter Nikodemus Borodin einigen mysteriösen Zusammenhängen auf die Spur zu kommen.

Von Pierre Wininger.

JACK PALMER

Gegen Jack Palmer sind Phil Marlowe und Kommissar Maigret blutige Anfänger. Daß aber doch so manches schiefgeht, das ist halt das Leben…

Von René Pétillon.

DER IDEENHÄNDLER

Im Auftrag des Techno-Zentrums überwacht Zeitagent John Diller die Entwicklung der Erde. Als jedoch eines Tages nicht alles nach Plan läuft, wird er zum Gejagten zwischen den Dimensionen.

Von Berthet und Cossu.

FREDDY LOMBARD

Das Abenteuer wartet auf Freddy, Diana und Sweep an jeder Straßenecke. Und wie sein geistiges Vorbild aus der Feder Hergés läßt sich auch Freddy, der Tim der achtziger Jahre, gern hineinziehen.

Von Yves Chaland.

DIE SPUREN DER GÖTTER

Im südamerikanischen Dschungel sucht eine Gruppe von Wissenschaftlern nach der Quelle des ewigen Lebens… Doch zwischen den Rätseln der Vergangenheit stößt sie auf die Spuren der Götter…

Von Birger und Rafael.

Gesamtverzeichnis in jeder guten Buchhandlung oder beim Carlsen Verlag, Dieselstraße 6, D-2057 Reinbek